पेंगुइन स्वदेश

एरियल

अमृता प्रीतम पंजाबी के सबसे लोकप्रिय लेखकों में से एक हैं। अमृता प्रीतम का जन्म 1919 में गुजरांवाला पंजाब (भारत) में हुआ। उनका बचपन लाहौर में बीता और शिक्षा भी वहीं हुई। किशोरावस्था से उन्होंने लिखना शुरू किया। उन्होंने सौ से अधिक कविताओं की किताब लिखी, साथ ही फिक्शन, बायोग्राफी, आलेख और आटोबायोग्राफी लिखकर साहित्य में नया मुकाम हासिल किया। इनकी तमाम पुस्तकों का कई भारतीय भाषाओं सहित विदेशी भाषाओं में भी अनुवाद हुआ। अमृता प्रीतम पहली महिला लेखिका हैं, जिन्हें 1956 में साहित्य अकादमी पुरस्कार मिला। 1982 में उन्हें *काग़ज़ ते कैनवास* के लिए ज्ञानपीठ पुरस्कार मिला। 2004 में पद्मविभूषण भी प्रदान किया गया।

एरियल

अमृता प्रीतम के दो लघु उपन्यास

एस्कीमो तथा एरियल

अमृता प्रीतम

पेंगुइन स्वदेश

पेंगुइन रैंडम हाउस इंप्रिंट

पेंगुइन स्वदेश

यूएसए। कनाडा। यूके। आयरलैंड। ऑस्ट्रेलिया। सिंगापुर
न्यू ज़ीलैंड। भारत। दक्षिण अफ्रीका। चीन

पेंगुइन स्वदेश, पेंगुइन रैंडम हाउस ग्रुप ऑफ़ कंपनीज़ का हिस्सा है,
जिसका पता global.penguinrandomhouse.com पर मिलेगा

पेंगुइन रैंडम हाउस इंडिया प्रा. लि.,
चौथी मंज़िल, कैपिटल टावर-1, एम जी रोड,
गुरुग्राम 122 002, हरियाणा, भारत

पेंगुइन
रैंडम हाउस
इंडिया

प्रथम हिन्दी संस्करण हिन्द पॉकेट बुक्स द्वारा 1967 में प्रकाशित
प्रस्तुत हिंदी संस्करण पेंगुइन स्वदेश में पेंगुइन रैंडम हाउस द्वारा 2026 में प्रकाशित

10 9 8 7 6 5 4 3 2

ISBN 9789353496616

मुद्रकः रेप्रो इंडिया लिमिटेड

www.penguin.co.in

FSC www.fsc.org MIX Paper from responsible sources FSC® C047271

This is a legitimate digitally printed version of the book and therefore might not
have certain extra finishing on the cover.

क्रम

एस्कीमो स्माइल

एकता को अपना आप एक औरत की तरह नहीं एक सड़क की तरह लगा—सड़क जो हमेशा एक ही जगह पर रहती है, पर फिर भी हमेशा कहीं से आती है, हमेशा कहीं जाती है। एकता के मन की हालत भी एक ही जगह पर थी, पर यह हालत इन्सान की उस तवारीख की तरफ से आ रही लगती थी जो आज तक लिखी गई है, और उस तवारीख की तरफ जा रही लगती थी जो आज तक नहीं लिखी गई।

और एकता के मन का एक हिस्सा वो था, जो हमेशा के लिए कुंआरा रह गया था, और एक हिस्सा वो था जो हमेशा के लिए ब्याहा गया था। कुंआरा क्यों रह गया था, और ब्याहा किसके साथ गया था, एकता को बिल्कुल पता नहीं। उसको सिर्फ हालत का पता था। पिछले कई सालों से उसे यह पता लग रहा था, पर आज रतलाम स्टेशन के प्लेटफार्म पर खड़े होकर उसे यह पता बहुत प्रत्यक्ष होकर लगा। महू से बम्बई जाते हुए और बम्बई से महू आते हुए उसे हमेशा रतलाम पहुंचकर गाड़ी बदलनी पड़ती थी। गाड़ी बदलने के लिए वह हमेशा इस प्लेटफार्म पर बैठती थी, और प्लेटफार्म के पास बने हुए एक छोटे से होटल में वह हमेशा कॉफी का प्याला पीती थी।

आज जब वह कॉफी का एक प्याला पीने के लिए होटल में गई तो जो नया बैरा उसके लिए कॉफी का प्याला लेकर आ रहा था उसके हाथ से

प्याला पकड़कर पुराने बरे ने कहा—“इनके लिए तो कॉफी मैं ही बनाकर लाऊंगा, और कोई नहीं ला सकता।” नए बैरे को शायद एकता की अमीर दिखती शक्ल से आम से ज़्यादा ‘टिप’ मिलने की आस थी, वह पुराने बैरे से झगड़ पड़ा था, और पुराने बैरे ने रौब से उसे जवाब दिया था—“यह इत्ती-सी बच्ची थी, तब से मैं इसे कॉफी का प्याला बनाकर देता आया हूं। अब त कौन होता है—कल का छोकरा.......”

एकता ने ध्यान से देखा—बैरे की उम्र ढल गई थी, इतनी, कि उसकी काठी में थोड़ा-सा कुब भी दिखने लगा था। वक्त ने मुश्किल से दस बरस की खाई फांदी थी, पर एकता एक अल्हड़ लड़की से भर जवान औरत हो गई थी, और बैरा एक अधेड़ आदमी से अच्छा बुजुर्ग हो गया था। एकता ने एक गहरा सांस लिया। इस बैरे का उसे नाम पता नहीं था, सिर्फ पहचान थी, और यह पहचान बैरे की तरफ से सिर्फ इस बात से जुड़ी हुई थी कि उसने एकता को इस रतलाम स्टेशन से जितनी बार भी गाड़ी बदलते देखा था, उतनी बार ही उसे काफी पिलाई थी, और एकता की तरफ से इस बात से जुड़ी हुई थी कि उसने जितनी बार भी इस राह का सफर किया था, क्यों किया था। यह ‘क्यों’ आज एकता के मन में बहुत बड़ा और बहुत गाढ़ा होकर उसे दिख रहा था।

एकता कॉफी पीकर और गाड़ी बदलकर जब मह्रू पहुंची, तो उसका भाई चाहे उसे स्टेशन पर लेने नहीं आया था, पर घर जाकर और अपने भाई से मिलकर एकता को यह लगा कि उसे एकता के आने की इन्तज़ार थी। वैसे एकता ने न उसे अपने आने के बारे में लिखा था, और न ही उसने यह कहा था कि इस गाड़ी या किसी गाड़ी से उसे एकता के आने की उम्मीद थी।

भाई ने कुछ नहीं पूछा। एकता को जितने भी लोग जानते हैं वह एकता को कुछ नहीं पूछते क्योंकि एकता के होंठों पर आया हुआ जवाब हमेशा उसके होंठों की खुशबू की तरह होता है। खुशबू सूंघी जा सकती है, पकड़ी नहीं जा सकती। अपनी मुट्ठी को चाहे कोई कितना भी भींचे, वह खाली रह गई लगती है, और एक बार पूछनेवाला अपनी मुट्ठी को खाली

रह गई देखकर कच्चा हो जाता है या झुंझला उठता है, इसलिए फिर कुछ नहीं पूछता।

एकता उदास थी, इस बारे में भी कुछ नहीं कहा जा सकता। बहुत खूबसूरत औरतों का रूप उड़ती धूल की तरह होता है जो देखने वाले की नज़र में पड़ जाता है, या खुश्क मिट्टी की तरह होता है जिसकी दरारों में देखनेवाले की नज़र गड़ जाती है पर एकता का रूप शुरू से ही चिकनी मिट्टी की तरह था, देखनेवालों की नजर उस पर से फिसल जाती थी। नज़र उसको नहीं हिलाती थी, खुद ही हिल कर दूर हो जाती थी। एकता की खामोशी और हंसी में भी, हर खूबसूरत औरत की खामोशी और हंसी से एक अजीब फरक था—उसकी खामोशी उसकी गहराई का ऐसा खौफ देती हुई लगती थी कि दूसरा कोई उसमें झांकने या उतरने का हिया नहीं करता था, और उसकी हंसी बहुत खिली हुई थी, खिलने के ज़ोर से ऊंची हो गई थी—सुननेवाले को लगता था कि वह उसके ऊपर से लांघ गई थी—उसके सुनने-समझने की हद के ऊपर से।

दुनिया में खूबसूरत औरतों की कमी नहीं। कइयों के किसी अंग के एक खास असर को भी अलग करके देखा जा सकता है, इतना कि उस अंग का ज़िकर उस औरत के बाकी अंगों के ज़िकर की जरूरत नहीं रहने देता। पर एकता का एक-एक अंग ऐसा था कि किसी एक अंग का ज़िकर बाकी अंगों के ज़िकर की ज़रूरत बढ़ा देता था। अंगों की नोकों और गोलाइयों से भी अलग एक चीज़ थी—वह देखती थी तो देखे जानेवाले को यह अहसास होता था कि वह जो कुछ था उससे कुछ बढ़कर क्यों नहीं था।

कई दिन बीत गए। भाई ने कुछ नहीं पूछा, भाभी ने भी कुछ नहीं कहा। मां की जायदाद की आमदनी उसके और उसके भाई के लिए हमेशा आधी-आधी होती थी। रकम बहुत नहीं थी पर एकता जहां भी होती थी, उसे वहां पहुंच जाती थी। जब बम्बई थी तब वहां, अब जब महू थी तो यहां। भाई ने सिर्फ एक दिन यह कहा, “रघु का खत आया था, तेरे आने से कुछ दिन पहले।” एकता ने सिर्फ “अच्छा” कहा और कुछ नहीं। यह

अनुमान उसने पहले भी लगाया था क्योंकि भाई से पहले दिन मिलते ही उसे लगा था कि उसको उसके आने की इन्तज़ार थी। खत में क्या लिखा होगा, एकता को इबारत नहीं, बात पता थी। रघु वालिया की इबारत ज़रूर कुछ और होगी, पर जो उसी बात को एकता इबारत देती तो वह यह होनी थी—"एकता और रघु के ब्याह की मियाद दस बरस थी, मियाद पूरी हो गई, अब एकता और रघु दोनों स्वतन्त्र है।"

यह मियाद कैसे बीती ? एकता का ख्याल था कि जिसने यह मियाद बिताई है, उन्हें पता है यह कैसे बीती। और जिन्हें पता नहीं, उनके लिए जानना जरूरी नहीं। इसलिए चाहे भाई और भाभी ने कुछ पूछा नहीं था, पर उनकी आंखों में पड़े हुए सवाल का भी एकता ने जवाब नहीं दिया। यह एकता भी मानती थी और उसके भाई-भाभी भी कि भाई एकता के दोस्तों की तरह और भाभी सहेलियों की तरह थी।

सहेलियों में एकता की एक सहेली प्रिया, एकता की ज़िन्दगी में एक खास जगह रखती थी। इसलिए कि प्रिया की ज़िन्दगी में एकता का अस्तित्व जरूरी हो गया था और प्रिया को जितनी भी जरूरत होती थी, एकता इस ज़रूरत की पूर्ति के लिए अपने अस्तित्व को उसके लिए कायम रखती थी। दोनों मह्रू के एक ही कालेज में पढ़ी थीं, दोनों के अहसास सूक्ष्म भी थे और गहरे भी, पर एक फर्क था—एकता अपने मन के बराबर उतरती थी। कोई बड़ी से बड़ी जुर्रत भी उसके लिए बड़ी नहीं होती थी। पर प्रिया खुद ही अपने अहसास से डर जाती थी। एक डर और एक जुर्रत एक ही समय में उसके अन्दर हरकत में आ जाते थे, जिसका नतीजा यह होता था कि उसके अन्दर कुछ फैल जाता था, बाहर कुछ सिकुड़ जाता था। वह एकता की तरह सोच ती लेती थी पर कुछ करती एकता की तरह नहीं थी। सोच के गिर्द कहीं कोई सीमा नहीं होती, पर कुछ कर सकने के गिर्द बड़ी सख्त सीमा होती है। इसलिए जहां कुछ कर सकने का सवाल आता था वहां वह चुपचाप खड़ी हो जाती थी। सिर्फ देखती थी। और एक तरह से एकता जो कुछ कर गुज़रती थी, उसमें से

अपनी कल्पना को लंघाकर उसको अपनी ज़िन्दगी का हिस्सा बना लेती थी। यह अपनी हकीकत का कुछ हिस्सा जैसे अपने माध्यम से नहीं एकता के माध्यम से जीती थी। इसलिए उसके लिए एकता का अस्तित्व अपने अस्तित्व की तरह ही जरूरी हो गया था।

कालेज के दिनों में करीब एक ही समय था जब प्रिया को बंगाल के किसी निखिल राय चौधरी से मुहब्बत हुई थी और एकता की अपनी ज़ात से बाहर रघु वालिया से। प्रिया का लगाव कहीं ठिकाना नहीं ढूंढ़ पाया था, ना लगाव और ना पैर। और उसने चुपचाप जहां मां-बाप ने कहा शादी कर ली थी—एक वकील के साथ, जिसके पेशे से उसे ग्लानि थी। पर एकता ने एक ज़िद ठान ली थी, और आखिर रघु वालिया से ब्याह कर लिया था। एकता ने, जो कुछ मन में पाया, जी कर देख लिया था। प्रिया ने जो कुछ मन में आया एकता को जीते देखकर जी लिया था।

प्रिया का खत आया, दिल्ली से नहीं बम्बई से, कि उसके खाविंद को बम्बई शहर इतना पसन्द है कि उसने अपनी प्रैक्टिस के लिए शहर बदल लिया है। वह शहर बदलने से खुश थी कि उसे एकता मिल जाएगी पर बम्बई आके उसे पता लगा है कि एकता बम्बई में नहीं, महू है, इसलिए वह कुछ दिनों के लिए एकता के पास महू आ रही है। खत में सिर्फ प्रिया के आने की खबर थी और कुछ नहीं था, पर एकता समझ सकती थी कि बम्बई आकर जब उसने एकता का पता किया होगा तो इस पते में जो उसने बहुत-कुछ ना भी जाना होगा, तो भी कुछ ज़रूर जाना होगा।

प्रिया जब महू आई—आई मां-बाप के घर थी, पर आई सिर्फ एकता से मिलने के लिए थी। एकता को देखकर उसे लगा कि एकता के बारे में जो कुछ भी उसने सुना था ज़रूर गलत सुना था। एकता की आंखें उसी तरह चमक रही थीं—आंखें, जिनके बारे में प्रिया कहा करती थी, 'एकी, योर आइज़ आर टू मच एलाइव...।' एकता उसी तरह हंसती रही थी, जिस तरह की उसकी मुक्त हंसी को देखकर एक बार प्रिया की नौकरानी ने अपनी कांगड़ी बोली में कहा था—"तिजों पता नहीं बीबी जी! ए हासा कत्थों ते आउंदा ए?"

और जब प्रिया एकता के पास अकेले में बैठी तो उसने पूछा—"एकी, तूने बम्बई कब चलना है ?" एकता हंस दी, "चली जाऊंगी, जब जी करेगा। और मेरे जी का तुझे पता है, करे तो अभी कर आवे, ना करे तो कभी ना करे।" एकता जो किसीको कुछ पूछने की जुर्रत नहीं देती थी और जो देती थी तो उसे थाह नहीं लगने देती थी, प्रिया को जुर्रत भी दे देती थी और थाह भी। यह बात अलग थी कि प्रिया इस थाह को पाकर कई बार परेशान भी हो जाती थी कि वह इस थाह को जानने से खुद ही इनकार कर देती थी।

"रघु का खत आता है?"

"नहीं।"

"पगली! बम्बई जैसे शहर में जवान-जहान मर्द को इतने दिन अकेले नहीं छोड़ना चाहिए।"

"मेरी मां जीती होती तो वह भी यही कहती।"

एकता हंसती गई। हंसी कई बार उसे आती नहीं थी, छिड़ती थी। हंसी भी और रुलाई भी। न उसे घुटी-घुटी हंसी पसन्द थी न घुटी-घुटी रुलाई। एकता में कुछ अछूता था, जिस पर न किसी साथ का असर पड़ता था, न किसी सभ्यता का। प्रिया कई बार इस बात को इस तरह कहती थी, "एकी! तेरे में कुछ आदिवासियों जैसा है—प्रिमिटिव।" वैसे एकता के इसी कुछ से प्रिया को इश्क था।

उस रात प्रिया एकता के पास रही। तीन-चौथाई रात उसीके बिस्तर पर बैठी रही। रात ने जी खोलकर आसमान पर तारे बिछा रखे थे। प्रिया ने जो कुछ भी पूछा, एकता ने जी खोलकर उसे बता दिया...

"एकी, तूने बड़ी मुसीबतें झेली थीं रघु से ब्याह करने के लिए।"

"तोड़ने के लिए भी उतनी ही झेली हैं।" एक तरह से ज्यादा क्योंकि वक्त की लम्बाई का फर्क है। उसे पाने के लिए दो बरस लगाए थे, छोड़ने के लिए दस बरस।"

प्रिया को शायद अपना आप, कुछ बहुत याद आ गया, वह हिरस कर कहने लगी—

"अच्छा, दस बरस ही सही, पर तूने दस बरस जीकर तो देख लिया, उसके साथ जिसे चाहा था।"

"प्रिया, दस बरस मैं जी नहीं, जीने की कोशिश करती रही हूं। रघु से ना भी ब्याह करती तो कोशिश फिर भी करते रहना था। ब्याह से कोई फर्क नहीं पड़ा।"

"अगर कोई तुझे जानता है तो मैं कह सकती हूं कि मैं तुझे सबसे ज़्यादा जानती हूं। पर मुझे यह भी पता है कि कभी-कभी मैं तुझे बिल्कुल नहीं जानती।"

"इसमें न जाननेवाली बात नहीं, प्रिया। लोग पहले किसी से मिलते हैं, फिर ब्याह करते हैं, पर मुझे ऐसा लगता है—रघु को मैं बाद में मिली थी, पर मेरे मन का एक हिस्सा पहले ही ब्याहा हुआ था।"

"यह मुझे तूने पहले कभी नहीं बताया।"

"मुझे खुद भी पता नहीं था।"

"मैं तुझे जब भी कहती थी कि रघु से तुझे हरि बहुत ज्यादा प्यार करता था।"

"करता था, पर मैं रघु को प्यार करती थी।"

"तुझे मि० सेन याद है कि नहीं—वह हमसे उम्र में बड़ा था, इसलिए हम उसे हमेशा मि० सेन बुलाया करती थीं।"

"याद है।"

"तेरे लिए वह बिल्कुल दीवाना हो गया था। तब तेरे पापाजी जीते थे। उसने तेरे पापाजी को मिलकर बड़ी मिन्नत से कहा था कि वह तेरे से ब्याह करना चाहता था।"

"मैं पापाजी के सामने उसकी नकल उतारा करती थी, बहुत छोटी थी, वह अपने से बहुत बड़ा लगता था, समझ नहीं सकती थी।"

"तुझे याद है कि तु हमें, अपनी कई सहेलियों को, साथ लेकर सेन के स्टुडियो में जाती थी?"

"उसे चिढ़ाने के लिए। वह बेचारा अगर थोड़ी देर के लिए भी स्टुडियो

से बाहर जाता था तो दरवाजे पर लिखकर लगा जाता था कि वह इतने बजे से लेकर इतने बजे तक बाहर रहेगा, फिर वापस आ जाएगा, और अगर कोई गैरहाजिरी में आए तो ज़रूर उसका इन्तज़ार करे। इस कोई से उसकी मुराद मैं ही होती थी।"

"और तू उसका इन्तजार करने की जगह, जब उसके आने का वक्त होता तो जान-बूझकर वहां से चली जाती थी।"

"उसको चिढ़ाने के लिए।"

"उसके खाली कमरे में बैठकर, उसके स्टोव पर चाय बनाकर, और हम सब लड़कियों को पिलाकर उसके आने तक तू चली जाती थी।"

"इसलिए कि बिखरे प्यालों से उसे पता चल जाए कि मैं आई थी।"

"निकर्मी! इस रघु से तो तू उस सेन से ब्याह कर लेती। तेरी वह बहुत कद्र करता।"

"मैं सेन को प्यार नहीं करती थी।"

"पर इस रघु में तूने क्या देखा था?"

"मैंने अभी बताया था कि मेरे मन का कुछ हिस्सा पहले से ब्याहा गया था, और रघु को मैंने बाद में देखा था—"

"यही तो तूने बताया नहीं कि वह कौन था।"

"पगली, यही तो मुझे पता नहीं। यही तो ढूंढ़ रही थी। असल ब्याह इन्सान से नहीं होता, एक तसव्वुर से होता है। मैंने सोचा था रघु में मेरा तसव्वुर मुझे मिल जाएगा, और मेरे मन का कुंवारा हिस्सा भी उसके साथ ब्याहा जाएगा......"

"पर यह क्या हो गया, कैसे हो गया, अब क्या होगा?"

"जो हो गया मैंने जानकर नहीं किया, अपने से ठीक किया था। ठीक-ठीक न निकले तो मैं क्या कर सकती हूं।"

"तुझे पता है रघु बहुत खूबसूरत मर्दों में था।"

"अब भी है।"

"अब तो खैर कुछ ढल गया है।"

"तूने उसे इन दिनों नहीं देखा, उसकी जवानी जैसे फिर से लौट

आई है।"

"तेरे से बिछुड़कर जवानी आएगी या बुढ़ापा?"

"बिछड़कर जवानी आएगी। न बिछुड़ती तो बूढ़ापा आ जाता, आ ही रहा था। बुढ़ापा सिर्फ तन का नहीं होता, प्रिया! असल बुढ़ापा मन का होता है।"

"पर वह तेरे साथ बड़ा खुश दिखता था।"

"उस खशी की कीमत मैं चुकाती रहती थी। पर आजकल वह खुश नहीं था क्योंकि और कीमत चुकाने से मैंने इन्कार कर दिया था।"

"मुझे तेरी पहेलियां समझ में नहीं आती?"

"पहेली कोई नहीं, प्रिया, तुझे अच्छा भला पता है कि रघु - को साल में एक आध बार किसी लड़की से इश्क हो जाता था।"

"पर तू पहले इस बात को हंसकर टाल देती थी, तू इसे इश्क नहीं खब्त कहा करती—"

"अब इस बार खब्त नहीं इश्क कहना चाहती हूं।"

"अब उसे फिर.......

"उसका ख्याल है कि इस बार वह बड़ा सीरियस है।"

"खाक सीरियस होगा, वह हो ही नहीं सकता।"

"तो भी होने का मौका तो उसके पास होना चाहिए। जिस तरह वह पहले हमेशा कहता रहा है कि उसका कैरियर बहुत बड़ा हो सकता था पर मेरे साथ जल्दी ब्याह करने से उसके पास हायर स्टडीज़ का मौका ही न रहा।"

"ब्याह के लिए उसने खुद जल्दी की थी, मैं क्या जानती नहीं।"

"की थी, वह भी जानता है, पर ब्याह की एक घड़ी गुजरते ही वह कहने लग गया था—'आई हैड टु मैरी यू'। यह "हैड" वाली बात जितनी देर झेली गई झेलती रही हूं, अब यह अपना भी अपमान लगता है, और उसका भी। मैं सिर्फ अपना नहीं, उसका भी अपमान नहीं करना चाहती। मैंने उसकी ज़िन्दगी में दाखिल होकर उसका एक मौका खो जाने दिया—

बहुत बड़ा कैरियर बनाने का। अब यह दूसरा मौका है उसके लिए प्यार —करने का। मैं नहीं चाहती वह मेरे लिए—यह मौका खो दे।"

"पर एकी! तू क्या करेगी?"

एकता अभी तक बातें कर रही थी, न हंसकर न रोकर, पर प्रिया के इस सवाल से एकता को हंसी आ गई, आ नहीं गई छिड़ गई।

"यह हंसने की बात है?" प्रिया ने रुआंसी होकर कहा।

"भई यह वक्त बेकार खड़ा क्या करता है, कुछ काम इसे भी सौंपना चाहिए, इसे मेरा जो कुछ करना होगा, कर लेगा।"

"यह किसीका कुछ नहीं करता," प्रिया ने उदास-सी होकर कहा। इस समय शायद उसे एकता नहीं, अपना आप याद आ रहा था।

"हरी आजकल कहां है?" प्रिया ने कुछ सोचते हुए कहा।

"कुछ पता नहीं।"

"अब भी हरी जब याद आता है मेरे दिल को कुछ होने लगता है।"

"कमबख्त ने अपना आप तबाह कर लिया।"

"इसमें कभी तुझे अपना कसूर नहीं लगता?"

"नहीं, इसमें मेरा कोई कसूर नहीं था।"

"वह तुझे जाने कैसा प्यार करता था! वैसे दोस्त रघु का था।"

"दोनों एक ही समय मेरे वाकिफ हुए थे।"

"पगली, उसकी तरफ तने नज़र भर कर भी न देखा!"

"उस समय रघु के सिवा कुछ दिखता ही न था।"

"उसने चाहे फिर अपने मुंह से कभी कुछ नहीं कहा, पर हमेशा एक साये की तरह तेरे साथ रहा।"

"वह मेरा इश्क नहीं था, मेरा हौसला ज़रूर था। शादी के बाद जब रघु ने बहुत तंग करना शुरू किया, वह चुपचाप आता, इस तरह देखकर चला जाता कि मुझमें हंसकर आंसुओं को पीने की हिम्मत आ जाती।"

"कभी कुछ कहता नहीं था?"

"दो तीन बार उसने यह जरूर कहा था—'भाभी, मैं तुझे रोते नहीं देख सकता, कभी तू बहुत डोल जाए तो यह न सोचना कि तू इस दुनिया में अकेली है, मैं हमेशा तेरे साथ हूं, जो हुक्म करना हो कर देना।"

"जो फैसला तूने आज किया है, तभी कर लेती, जो तूने रघु से बिछड़ना ही था—"

"फैसले वक्त के साथ होते हैं प्रिया! वक्त से पहले नहीं हो सकते।"

'अब वह कहां है?"

"तुझे पता है उसने बहुत शराब पीनी शुरू कर दी थी। गलतसलत औरतों के पास भी......

"इसमें उसका बहुत कसूर नहीं, एकी! कोई झेले तो कितनी देर तक झेले।"

"मैं कसूर की बात नहीं कहती, यह बात कर रही हूं कि फिर वह बीमार रहने लगा था। शहर छोड़कर चला गया था, पता नहीं कहां। मुझे यह भी पता नहीं वह अब तक जीता भी है या नहीं।"

"यह सारा तेरा कसूर है।"

"मेरा कसूर क्यों?"

"वह तुझे प्यार करता था।"

"इस हिसाब से अब अगर मेरी ऐसी कोई हालत हो जाए तो यह सारा कसूर रघु का होगा?"

"हां सारा कसूर रघु का होगा।"

"उसका इसमें क्या कसूर है। मैं उसे प्यार करती थी इसलिए मैं जिम्मेदार हूं।"

"पर वह भी तो तुझे प्यार करता था, कुछ दिन तो तूने जीकर देखा होगा।"

"जहां तक याद आता है मैंने दो दिन जीकर देखा था, जिसे सचमुच में जीना कहते हैं।"

"कब?"

"तुझे याद है ब्याह से पहले रघु सबसे चोरी से मुझसे मिलने आता था?"।

"मुझे सब-कुछ याद है।"

"एक रात पापाजी से चोरी..... तब पापाजी थे—वह मुझे एक फिल्म दिखाने ले गया था। मेरी भाभी ने तब मेरी मदद की थी। उसने कहा था कि हम जब फिल्म से वापिस आएंगे, वह धीरे से दरवाजे की कुंडी खोल देगी। पापाजी को पता नहीं चलेगा।"

"मुझे याद है तुम दोनों जब आधी रात वापस आए थे, तब भाभी को इन्तज़ार करते-करते नींद आ गई थी। सुबह होने को थी जब वह घबराकर जगी थी और उसने कुंडी खोली थी। तुम दोनों सर्दी में उस रात दरवाजे के पास बैठे रहे थे।"

"बस उस रात मैंने जीकर देखा था। रघु ने सिर्फ अपना कोट ही नहीं मुझे प्रोढ़ाया था, बांहों का एक घोंसला-सा बनाकर मुझे उसमें बिठाये रखा था..... और एक रात और थी, वह भी ब्याह से पहले, दीवाली की रात। पापाजी को रघु बिल्कुल पसन्द नहीं था, इसलिए वह घर में नहीं आ सकता था। मैं सारी रात घर की मुंडेरों पर दीये जलाती रही, और रघु घर से थोड़ी दूर सामने सड़क पर घूमता रहा। मैं उसे सड़क पर घूमते को देखती रही, वह मुझे फिर-फिर से दीये जलाती को देखता रहा। बड़ी अंधेरी रात थी, पर हम दोनों के बीच उस रात बहुत से दीयों की लौ थी। एक मैंने उस रात जीकर......." यह लफ्ज़ अभी एकता के मुंह में थे कि उसके अन्दर से कोई ऐसी रूलाई उठी जिसका कोई बांध नहीं था।

प्रिया से एकता की हंसी समझी नहीं जाती थी, पर यह एकता का रोना था, जो उससे झेला नहीं जा रहा था। प्रिया को एकता की वह हंसी भी याद आ गई थी जो उसने एक बार कोई बात सुनाते हुए एकता के चेहरे पर देखी थी—एकता के खाविंद को उन दिनों हस्पताल में नई-नई नौकरी मिली थी, उसे रात हस्पताल में रहना होता था, रहने के लिए एक कमरा मिला था, पूरा क्वार्टर नहीं, इसलिए एकता बाहर एक कमरा किराये पर लेकर अलग रहती

थी, छुटीवाले दिन वहां रघु आ जाता था। एक रात रघु की तबीयत ठीक नहीं थी पर उसका रात अपने कमरे में रहना ज़रूरी था, इसलिए उस रात एकता उसके कमरे में रह गई थी। हस्पताल से फोन आया था और रघु को उस हालत में भी कुछ देर के लिए हस्पताल जाना पड़ा था। कमरे में एकता अकेली थी। फोन आया, किसी लड़की की आवाज़ थी, "रघु, आई सपोज़ यू आर फ्री टू नाइट। मे आई कम?" एकता फोन सुन रही थी और फिर उसने हंसते-हंसते कहा था, "आई सपोज़ ही इज़ नॉट फ्री टुनाइट, आई एम हियर, हिज़ वाइफ—" यह बात एकता ने रघु को नहीं बताई थी, पर रघु को उस लड़की से पता चल गई थी। वह समझ नहीं पा रहा था कि क्या करे, पर एकता हंसती रही थी। और आज प्रिया परेशान थी कि एकता जो इस तरह हंस सकती थी, इस तरह रो भी सकती थी?

"पता नहीं कभी मुझे क्या हो जाता है।" एकता ने बहुत देर बाद अपने को संभालकर कहा—"मैंने इस बार जब महू आते हुए रतलाम में गाड़ी बदली थी, वहां मैंने कॉफी पी थी। हमेशा पीती हूं। वहां एक बैरा है, बड़े प्यार से वह मेरे लिए कॉफी का प्याला बनाकर लाता है। उस दिन कोई नया बैरा लाने लगा तो वह उसके साथ झगड़ पड़ा। और मुझे याद आया—पहली बार जब मैं अकेली बम्बई गई थी, रघु को यह कहने के लिए कि अगर वह मेरे साथ ब्याह करना चाहता है तो अभी जल्दी से कर ले, नहीं तो मेरे पापाजी ज़बरदस्ती किसीके साथ मेरा ब्याह कर देंगे, तो मैंने रतलाम में गाड़ी बदलते हुए पहली बार उस बैरे के हाथों कॉफी पी थी। फिर दस सालों में कई बार वहां से गुज़री—इस बार वह नए बैरे से कह रहा था, "यह इत्ती-सी बच्ची थी जबसे मैं इसे कॉफी का प्याला बनाकर देता आया हूं, तू अब कौन होता है, कल का छोकरा...!" कई बार यह छोटी-छोटी बातें बहुत बड़ी लगती हैं, प्रिया! मैं बड़ी बातों को लांघ जाती हूं, कई बार यह छोटी बातें नहीं लांघी जातीं। रघु के पास गई थी, इसी बैरे के हाथों कॉफी का प्याला पीकर। रघु से सब कुछ चुका कर आ रही हूं, दस साल गुज़र गए पर वह बैरा वहीं खड़ा था मुझे कॉफी

का प्याला देने के लिए—उस दिन, प्रिया—उस दिन मुझे पता नहीं चल रहा था कि क्या चीज़ स्थायी है? जो हमारे कुछ भी नहीं, वह स्थायी है, और जो सब कुछ हैं वह स्थायी नहीं। उसी दिन मुझे यह पता लगा था, पूरा पता, कि मेरे मन का कुछ हिस्सा हमेशा के लिए कुंआरा रह गया है, और कुछ हिस्सा हमेशा के लिए ब्याहा गया है। रघु के साथ मेरी शादी का इस बात से कोई ताल्लुक नहीं। शादी भी एक हादसा थी, तलाक भी एक हादसा होगा, जो कुछ मेरे मन में कुंआरा है, वह अब भी कुंआरा है, जो ब्याहा गया था, वह अब भी ब्याहा हुआ है, सिर्फ यह पता नहीं कि जो कुंवारा है वह कुंआरा क्यों रह गया है, और जो ब्याहा गया है, वह किसके साथ ब्याहा गया है।......

2

"एस्कीमो-स्माइल।" अरुण, एकता के भाई, के मुंह से एकता को देखकर पुरानी आदत की तरह बड़े सहज स्वभाव से निकला। खाना खाने का वक्त हो गया था और अरुण वक्त से ऊपर होते हुए कोई पन्द्रह मिनट तक इन्तज़ार करके एकता के कमरे में उसे बुलाने आया था। एकता की भाभी ने बताया था वह दोपहर से अपने कमरे में थी। कमरे से बाहर नहीं आई थी। कई दिनों से अरुण को यह डर था कि एकता ने अपने मन की उदासी को जैसे दबाकर रखा हुआ है, एक दिन यह उदासी बड़ी टूटकर बाहर निकलेगी। उसने कुछ घबराकर एकता के कमरे में धीरे-से पैर रखा था पर सामने एक ऊंचे मूढ़े पर एकता बैठी हुई खिलखिलाकर हंस रही थी। अरुण के दोनों बच्चे एकता के दायें-बायें बैठे हुए थे। कमरे में चीज़ों की जैसे एक नुमायश लगी थी। बच्चे कभी एक चीज़ को कभी दूसरी चीज़ को हाथ में पकड़ते थे।

"एस्कीमो-स्माइल!" इस बार जब से एकता आई थी अरुण ने एक बार भी यह कहकर नहीं बुलाया था, हालांकि बरसों से उसने एकता का यह

नाम रखा हुआ था। आज उसे देखकर एकता जब मुस्कराई थी तो सहज स्वभाववश ही उसके मुंह से ऐसे बुलाया गया था। और आगे अरुण ने पूछा—"यह सारी नुमायश आज काहे की लगी हुई है?"

"अरु, तुझे याद है जब हम छोटे थे तो इस एलबम के लिए बहुत लड़े थे। एलबम में लगी तस्वीरों के लिए नहीं सिर्फ इसलिए कि इसकी जिल्द मखमल की थी। तू कहता था—यह मैं लूंगा और मैं कहती थी, मैं।"

"मम्मी ने यह तुझे दे दी थी। फैसला तेरे हक में हुआ था।"

"पर इसके बदले मम्मी ने तुझे नया रैकेट लेकर दिया था।"

"रैकेट तो वैसे भी लेकर देना था पर नाम हुआ कि रैकेट मुझे इसके बदले मिला था।"

"इसीलिए तुझे चिढ़ाने के लिए मैंने इसे बरसों तक संभालकर रखा था।"

"तू हर चीज़ ऐसे ही संभालती थी जैसे किसी दिन सब चीज़ों की तवारीख लिखनी हो। सबके खत भी तेरे पास ज़रूर संभाले हुए होंगे, खासकर रघु के। वह चाहे नौकर के हाथ इतना ही लिख भेजता था कि वह आज देर से खाना खाने आएगा, तू वह पुर्जा भी संभाल लेती थी।" अरुण को रघु के खतों की बात करके लगा कि एकता के इतने खुश रौ में उसे रघु की कोई बात नहीं करनी चाहिए थी। पर बात उसके मुंह से निकल चुकी थी, वह कुछ चुप-सा हो गया। एकता के रौ में कोई फर्क नहीं आया। कहने लगी—

"तुझे वह बंगाली आर्टिस्ट याद है—मिस्टर सेन?"

"याद है।"

"एक बार तेरे कमरे में बैठकर चाय पीते हुए उसने मेरा स्कैच बनाया था। मैंने स्कैच देखकर कहा था 'हॉरिबिल'।"

"'हॉरिबिल' तो होना ही था, तू स्कैच बनवाते हुए अपनी शक्ल ख्वामखाह बिगाड़ रही थी।"

"उसे तंग कर रही थी। पर वह हॉरिबिल स्कैच अब तक मेरे पास संभालकर रखा हुआ है। देख!"

"वैसे वह आर्टिस्ट बहुत अच्छा था। तब मशहूर नहीं था। पर अब बहुत बड़ा आर्टिस्ट माना जाता है।"

"मुझे पता है। तुझे मिला है कभी?"

"मैंने तुझे एक बार बताया था—मिला था, पर पहचाना नहीं जाता था। पांच सालों में ही उसकी उम्र बीस साल बढ़ गई लगती थी।"

"मुझे पता है, पर मैं पूछ रही हूं—उसके बाद?"

"नहीं, उसके बाद नहीं मिला। सुना है अब उसने पिछले साल कोई ब्याह कर लिया है।"

"कोई ब्याह का क्या मतलब? सीधी तरह कह, ब्याह कर लिया है।"

"पता नहीं ब्याह है, क्या है, बड़ी अजीब-सी ज़िन्दगी जीने लग गया था। तुझे पता है कुछ बरस पहले वह पैरिस भी गया था। उसने आप ही मुझे बहुत कुछ बताया था पर मैंने यह तुझे नहीं बताया था।"

"क्यों?"

"ऐसे ही बेचारे 'लवर' की 'इमेज' तेरे मन में टूट जाती।"

"मेरे मन में उसकी कोई 'इमेज' है ही नहीं।"

"कोई इमेज वह बेचारा बनाना तो चाहता था। तुझे भी जब एक बार बाद में मिला था तुझसे कह रहा था अगर तुझे रघु से तलाक लेना हो तो मुझे ज़रूर बताना।"

एकता हंसती-हंसती दोहरी-सी हो गई और कहने लगी— "इस बात को भी कोई पांच बरस हो गए होंगे। तब मैं बिल्कुल नहीं सोचती थी कि मैं एक दिन रघु से तलाक लूंगी। नहीं तो उससे कह देती, अच्छा, इन्तजार करना।"

एकता जब से आई थी उसने भाई के साथ यह बात नहीं की थी। आज अचानक की, पर इतनी सादगी से, जैसे यह कोई बड़ी बात न हो। और फिर हंसती-हंसती अफसोस से सिर हिलाके कहने लगी—"बेचारे ने नौ बरस इन्तज़ार की, एक बरस और कर लेता। दसवें बरस पर आकर हार गया।"

अरुण ने भी गंभीरता के भार को हल्का रखने के लिए एकता वाली रौ में कहा—"अब खत लिखू उसे? जो परसों तक वह अपनी बंगालिन को तलाक देकर न आ गया तब कहना।"

"खत लिखना होगा तो मैं खुद लिख दूंगी, इतने एहसान की ज़रूरत नहीं। नए हिसाब-किताब फिर शुरू करूंगी, पहले पुराने चुका लूं।"

"यह आज क्या चुक रहा है?"

"तू हमेशा मुझे एस्कीमो-स्माइल कहता था न—कि जिस तरह बरफ के घर बनाकर रहनेवाले एस्कीमो ज़िन्दगी की मुश्किलों के इतने आदी हो जाते हैं कि फिर बड़ी से बड़ी मुश्किलों में भी मुस्करा सकते हैं, इसी तरह मैं ज़िन्दगी की मुश्किल से मुश्किल घड़ी में भी मुस्करा सकती हूं।"

अरुण की आंखें एकता की बात सुनकर हल्की-सी डबडबा आई थीं। यह अपनी बहन उसे बड़ी प्यारी थी, और वह जैसे वक्त में से गुजर रही थी, अरुण से सोचा नहीं जा रहा था। वह चुप था, कुछ कहता नहीं था, पर जो कुछ उसके मन में हो रहा था, वही जानता था। धीरे से इतना कहने लगा—"मैंने किस वक्त तेरा यह नाम रखा था!"

"बड़े अच्छे वक्त रखा था, अरु। आज मैं यही देख रही थी कि मैं अपने नाम पर पूरी उतरती हूं या नहीं।"

"किस तरह?"

"जिन चीज़ों को बरसों से संभाल-संभालकर एक जायदाद जोड़ रही थी, उस जायदाद के लालच से सुर्खरू होकर देख रही हं। जो चीज़ें इन बच्चों के काम की हैं वह इन्हें दे रही हैं, यह सभी मेरे जन्मदिन की सौगातें—डायरी, एलबम, पेरिस की सेंट, चीन का पंखा, इंगलैंड का......"

"पगली हो गई है, एकी?"

"रघु के सारे खत मैंने फाड़ दिए हैं, गुस्से से नहीं, अपने आपको इनकी पकड़ से स्वतन्त्र करने के लिए। वह शायद तभी स्वतन्त्र हो गया था, खत लिखते ही, सिर्फ मुझे देर हो गई..."

"रघु का तो कोई कसूर होगा, पर सेन बिचारे का क्या कसूर है, यह पैरिस के सेंट तेरे लिए वो लाया था। उसके स्कैच भी तूने फाड़ दिए हैं।"

"उसे चिढ़ाने के लिए रखे थे, या शायद अपने किसी अहंकार की तसल्ली के लिए रखे थे। पर उसे चिढ़ाने का मुझे कोई हक नहीं और अहंकार का भी कोई हक नहीं।"

"सन्यास लेना है?"

"तू मुझे कोलम्बस कहा करता था, अरु! क्योंकि मैं हमेशा अपने मन में भी कोई नई धरती ढूंढ़ती हूं, और दूसरे के मन में भी। मैं अब भी कोलम्बस हूं। यहीं रहूंगी। कोलम्बस होना और सन्यासी होना दोनों एक ही वक्त नहीं चल सकते। एक जो कुछ पा चका है उससे भी ज्यादा पाने के लिए हाथ आगे बढ़ाता है, दूसरा जो कुछ पा चुका है उससे भी हाथ पीछे हटा लेता है..."

अरुण ने जो मुस्कराहट एकता के होंठों पर देखी थी, उसकी लहर में उसी तरह की मुस्कराहट से कहा, "मान गया एस्कीमोस्माइल!" पर उसके होंठों पर नहीं—छाती में एक तीखी चुभन-सी हुई।

3

महूवाला घर एकता और उसके भाई को विरासत में मिला था। बनाया भी कुछ इसी ख्याल से गया था—सांझा भी रहता था, दो हिस्सों में बंट भी जाता था। एकता जब बम्बई जाती थी, अपने वाले हिस्से में एक कमरा बन्द कर जाती थी, बाकी के दो कमरे खुले रख जाती थी। इन दो कमरों में से एक में अरुण ने अपना दफ्तर बनाया हुआ था, एक यूंही खाली रहता था—किसी आए गए के लिए। एकता की छोटी-सी लायब्ररी भी इसी कमरे में थी। आज एकता जब कोई किताब लेने के लिए इस कमरे में आई, उसकी भाभी वहां बैठी हुई थी। कोई औरत उससे मिलने आई थी, उसके साथ बातें करती हुई वहां बैठी थी।

"एकी, तूने पहचाना नहीं चाची जुगिन्दर कौर को?" भाभी ने अल्मारी में से किताब निकालती एकता को कहा।

"चाची जुगिन्दर कौर?"

"बहुत बरस हमारे पड़ोस में रही थी—फिर इनकी बदली दिल्ली में हो गई थी—तुझे याद नहीं? -अब यह फिर वापस महू आ गए हैं।"

"ओह चाची लाल बही, अब पहचान लिया।"

"मैं कहती नहीं थी बिटिया कि मेरी तो शक्ल ही बदल गई है।"

"क्या हुआ चाची तुझे दिल्ली का पानी रास नहीं आया लगता।"

"यह मर्द जो कहीं का पानी रास आने दें तब आवे..."

"सच बताना चाची, उजागर चाचाजी की इतनी हिम्मत पड़ गई कि वह......"

"कुछ न पूछ बेटी! मैं जो रो कलप के बदली न करवाती तो तेरे चाचा से हाथ धोकर बैठ जाती।"

"पर चाची लाल बही! तूने उसका रोज़ का हिसाब-किताब पूरा रखना था न!"

"तू ही मुझसे मज़ाक करती थी कि मैं तेरे चाचा की तनख्वाह का भी पैसा-पैसा लिखके रखती हैं और— —"

"उसके वक्त का भी, कि वह कहां खड़ा, कहां बैठा, किसके साथ दफ्तर में बात की, किसके साथ सड़क पर, तभी तो मैंने तेरा नाम चाची लाल बही रखा था।"

"अरी बेटी! मैं यह लाल बही न रखती तो तुम्हारे चाचा ने अब तक खाता ही खत्म करके मुझे दिखा देना था।"

"चाची, तू बड़ी सयानी है, मैं तो हमेशा तेरी मिसाल देती हूं।" भाभी ने पहले जगिन्दर कौर की तरफ देखा, फिर आंख चुराकर एकता की तरफ देखती हई हस पड़ी।

"भाभी, तूने चाची की मिसाल देनी शुरू कर दी है तो मैं चाची का नाम लाल बही से बदलकर रौशन मिनारा रख देती हूं—चाची रौशन मिनारा।"

"तू मज़ाक करती है बेटी! पर तू बात सुने तो सचमुच शिक्षा लेनेवाली बात है। मेरे जैसी औरतें घर के लिए गांठ की पक्की हों तो घर बसते हैं।"

"अच्छा चाची! दे कुछ शिक्षा," एकता ने हंसकर भाभी की ओर देखा और फिर एक ऊंचा मूढ़ा खींचकर चाची जुगिन्दर कौर के पास बैठ गई।

"तुझे पता ही हैं, मैंने शुरू से ही तेरे चाचा की लगाम ज़रा कसकर रखी हुई थी। दिल्ली बदली क्या हुई, लगा लगाम ढीली करवाने, कि मेरी आज दफ्तर में ड्यूटी लगी है कि मैं विलायत से आई मेमों को आगरे का ताजमहल दिखा लाऊं।"

"सरकारी ड्यूटियां इस तरह लगती हैं चाची! परदेसी मेहमान जब आते हैं। पर वह सिर्फ मेमें ही नहीं होतीं साहब भी होते हैं।"

"तू हंस रही है, मुझे पता है साहब भी होते हैं, पर यह हमारे आदमी मेमों से बातें करके बड़े खुश होते हैं। पहले तो मैं चुप रही कि नौकरी का मामला है।"

"और नौकरी का मामला नहीं था?"

"था तो नौकरी का ही मामला, पर ऐसी नौकरी मुझे क्या करनी थी जो आदमी ही खो जाता। जब आते का कोट सूंधूं या रूमाल तो उससे इतर की लपटें आती थीं।"

"किसीने अपने देश की सौगात दी होगी।"

"हां, हां, पहले दिन इतर सुंघा दिया, दूसरे दिन......"

"दूसरे दिन क्लोरोफार्म .....," एकता खिलखिलाकर हंस पड़ी।

"वह भी क्लोरोफार्म ही होता है बेटी, मर्दों को फिर सुध-बुध नहीं रहती। और कोई होती तो मर्द हाथ से गंवा लेती। मर्दों का क्या है, बिल्ली के भागों छींका टूटा।"

"सच भाभी, तेरे से मुहावरे सुनने में बड़ा मज़ा आता है।"

"यह मुहावरे सच्चे बने हुए हैं बेटी! बनानेवालों ने कोई झूठे तो नहीं बनाए। हम औरतों का क्या है—डूबी समझो जब सांस न आए।"

"यह तो मर्दों के लिए भी कहा जा सकता है, चाची! डूबा समझो जब सांस न आए। पर क्या पता मर्दों को शायद डूबकर भी सांस आता रहता हो, क्यों चाची?"

"यह बात तू रहने दे।"

"अच्छा यह बात रहने दे चाची, वह बात बता।"

"एक दिन मैंने तेरे चाचे का कोट संघा, उसकी जेबों को भी सूंघा, मैं मर गई! सिगरेट की बास आई। उसने बहुत कहा कि एक साहब ने दिल्ली से जाते समय विलायती सिगरेट खरीदे थे, उसकी जेब में सारी डिब्बियां नहीं आती थीं इसलिए दो डिब्बियां उसने मेरी जेब में रख दी थीं। पर मैंने उसकी एक नहीं सुनी। उसका क्या था, वह तो रस्सी तुड़वाने पर आया हुआ था।"

"सो चाची रस्सी! फिर क्या हुआ?"

"तू चाहे मुझे रस्सी कहकर बुला, चाहे चाची लाल बही, पर यह सलाह तेरे काम आएगी। याद रखियो।"

"मैं तो शायद अगले जन्म में याद करूंगी चाची, पर चाचा तो बेचारा इसी जन्म में याद करता होगा। सच चाची, गुस्सा न करियो...."

"मुझे पता है तेरा स्वभाव हंसने-खेलने का है, तेरी बात का मैं गुस्सा नहीं करती। वैसे सयाने का कहा और आवले का खाया..."

"सच चाची, तू आंवलों का अचार बड़ा अच्छा डालती थी। यह तेरा आधा मुहावरा मुझे बहुत पसन्द है। चल आधा-आधा कर ले। सयाने का कहा तेरे लिए, आंवलों का अचार मेरे लिए।"

"चिनगारी-सी! बातों से घर पूरा कर देती है।"

"चाची चिनगारियां घर पूरे नहीं करती जलाती हैं।"

"वह तो मैं मुंह-जली तुझे ऐसे ही चिनगारी कह बैठी।"

"चिनगारी तो मैं हूं चाची! वैसे और चिनगारियों जैसी नहीं, और तो बेगाने घर जलाती हैं, मैं.............." एकता ने अपने आपको खुद ही बीच में काटकर कहा, "फिर चाचाजी सही सलामत वापस आ गए हैं?"

"मैंने वहां पर बुरकी गले से नीचे नहीं उतरने दी कि फिर कुछ

पकाऊंगी, खाऊंगी, भलेमानस पहले बदली करवा ले देहली से। इस तरह मैं नाक में नकेल न डालती तो.......”

”चाची, गुस्सा न करना। पर चाची ‘नकेल कौर’ तेरा नाम सबसे अच्छा लगता है।”

“कहे जा जो तेरी मर्जी है, मैंने मर्द भी बचा लिया और कुल्ली भी, अब तू चाहे मुझे रस्सी देवी कह ले, और चाहे नकेल कौर...”

चाची जुगिन्दर कौर जब अगली बार आंवलों का अचार लाने की बात करके चली गई तो भाभी ने एकता की बांह पर हल्की-सी चुटकी काटकर कहा—”आज तेरे भाई को यह बात सुनाऊंगी। पता वह क्या कहेगा? आगे भी वह कई बार कहता है—भगवान मर्दों को मर्दों की जून डालना लेकिन चाचा उजागर सिंह की जून न डालना।”

एकता हल्का सा मुस्करा पड़ी। “भाभी, एक यह औरतें भी होती हैं—बने बनाये मुहावरे। बस एक बार अपना आप रट लिया फिर सारी ज़िन्दगी कुछ सोचने की ज़रूरत भी खत्म हो गई, समझनेकी ज़रूरत भी।”

“रोटी खा ली, कपड़े पहन लिए, जेबें सूंघ लीं.......”

एकता को रोना और हंसी एक बार ही आ गये, “एक तरफ और सब कुछ बच जाता है, पर इन्सान में से इन्सान खत्म हो जाता है। दूसरी ओर इन्सान रह जाता है और सब कुछ खत्म हो जाता है...... यह मेरे जसे लोग, जिन्हें जेबें सूंघने की कभी जांच ही नहीं आ सकती......”

4

आंखें किसी सोच में डूबी हुई थीं। एकता जब भी घर में रोटी पकानेवाली रामप्यारी को देखती थी, उसकी आंखें ऐसे ही सोच में डूब जाती थीं। रामप्यारी के काले बाल उसने पकते देखे थे, फिर पकते बाल सफेद होते देखे थे। उसकी कुम्हलाती उम्र की परछाई में फिर और परछाईयां मिलती गई थीं। उसकी जवान बेटी भी विधवा हो गई थी, विधवा मां के पास

आकर रहने लगी। और फिर उसकी बहू भी विधवा हो गई थी। और यह रामप्यारी जैसे एक जन्म में एक जन्म का नहीं, तीन जन्मों का रंडापा काट रही थी।

भले वक्तों में रामप्यारी एकता के मां-बाप की किरायेदार थी। किरायेदार अब भी थी पर भले वक्तों में पहले वह अपने खाविंद की कमाई में से किराया देती थी, फिर अपने बेटे की कमाई में से। पर अब वह एकता की भाभी के घर दोनों जून की रोटी पकाकर, इस रोटी पकाने की शक्ल में किराया चुकाती थी। उसकी बहू और बेटी घर बैठकर लोगों के कपड़े सीती थीं। वैसे कभी रामप्यारी बीमार हो तो उसकी जगह उन दोनों में से कोई रोटी पकाने या जाती थी। बहूं और बेटी की उम्र लगभग एक थी, और कभी वक्त था जब दोनों की उम्र का इस रामप्यारी की उम्र से फरक दिखता था, पर अब तीनों ही जैसे एक उम्र की हो गई थीं। उन दोनों की उम्र रामप्यारी की उम्र से आ मिली थी। बरसों की शक्ल में नहीं—दुःखों की शक्ल में—एक जैसे दुख से शायद शक्लें भी एक जैसी हो जाती हैं—एकता एक को देखती तो वह बिल्कुल दूसरी की तरह लगती। दूसरी की तरफ देखती तो वह बिल्कुल तीसरी की तरह लगती। घर में एक बच्ची थी, रामप्यारी की पोती मुश्किल से छः बरस की थी। एकता ने उसका छोटा-सा मुंह भी कई बार देखा था, और हर बार उसे लगा था कि छोटा-सा मुंह एक दिन में एक दिन जितना बड़ा नहीं हो रहा था, एक दिन में एक बरस जितना बड़ा हो रहा था—नक्शों से नहीं, उदासी की परछाईं से।

सुबह के चायवाले बरतन अभी मांजने के लिए पड़े हुए थे, रामप्यारी मांज रही थी। एकता के छोटे भतीजे ने रोटी खाने की ज़िद पकड़ ली। बच्चे की मां उसका ध्यान और तरफ लगा रही थी कि वह पन्द्रह बीस मिनट और ठहर जाए ताकि रामप्यारी बर्तन मांजकर रोटी पकाने के लिए खाली हो ले। पर बच्चे का ध्यान और तरफ नहीं लग रहा था, उसने मां का पीछा छोड़कर एकता का हाथ पकड़ लिया—"आंटी।"

कभी-कभी एकता के मन में कहीं किसी जगह कुछ नाखून-सा चुभ जाता था। रघु को बच्चे बिल्कुल पसन्द नहीं थे, इसलिए एकता के घर कोई बच्चा नहीं हुआ था। कुछ सालों की बात है, एक दिन एकता रघु के लिए नाश्ता बना रही थी, एक अंडे को तोड़ते हुए उसके पीले हिस्से में पड़ी हुई गहरी लाल धारियां देखकर, वह देखती रह गई। एक जगह एक काला-सा बिन्दु था, चारों तरफ लम्बी और लाल लकीरें थीं। यह लाल लकीरें एक इबारत सी बनती गईं, और खड़ी खड़ी एकता को एक अजीब ख्याल आया कि यह इबारत एक इस खत की थी, जो खत उसको, उसके उस बच्चे ने लिखा था—जिसने कभी उसकी कोख से जन्म नहीं लिया था। एकता के सारे जिस्म में एक कम्पन-सा उतर-उतर गया था। वह खड़ी-खड़ी थिरक के रसोई में पड़े हुए एक स्टूल पर बैठ गई थी। रघु ने नाश्ते की इन्तज़ार करते जब एकता को रसोई के स्टूल पर बैठे देखा, तो एकता से रहा नहीं गया, उसने रघु से यह बात बता दी। "फुलिश", रघु ने कहा था और हंस दिया था। उस दिन एकता को एक शरमिन्दा-सा रोना आ गया था। इसके बाद उसने कभी रघु से ऐसी बात नहीं की थी पर यह बात उसके अन्दर तक उतर गई थी, और जिसके चारों तरफ 'चुप' अंडे के सफेद और सख्त छिलके की तरह चढ़ गई थी। इस चुप को एकता ने कभी तोड़ा नहीं था, पर घर में रखी हुई मुर्गियों को एकता कभी-कभी ऐसे देखने लगी थी जैसे वह एकता के मन की सारी बात को सुनती भी थी, समझती भी। कोई मुर्गी जब परों की गर्माई में एक अंडे को कई दिनों छुपाती और गरमाती, फिर एक दिन चोंच मारके छिलके की कैद को तोड़ती और अपने बच्चे को उससे स्वतन्त्र करती थी, तो एकता को लगता कि वह मुर्गी उस दिन एकता की तरफ खास तौर से देखती थी, जैसे कह रही होती थी "कितनी साधारण—सी बात है, बस ऐसे करते हैं, सिर्फ ऐसे..."

बात ज्यों-ज्यों पुरानी होती जाती थी, एकता को लगता था, बात का सफेद पीला रंग भी पुराना होता जा रहा था। उसमें एक काला बिन्दु मिलता जाता था, और वह एक ऐसा बिन्दु था जिसमें से कभी कोई नक्श नहीं

उभरते थे। जो कभी उसमें से कुछ उभरता था तो सिर्फ पुराने और गले हुए सपने की एक बू उभरती थी।

एकता अपने दोनों भतीजों के साथ रोज़ हंसती और खेलती थी—बड़ा स्वाभाविक-सा। पर कभी-कभी उसका लगाया हुआ एक नन्हा-सा हाथ उसके लिए स्वाभाविक नहीं रहता था। हाथ जैसे उसके बदन पर नहीं, उसके अन्दर एक किसी नाजुक जगह पर लग जाता था—एक नाखून की तरह चुभ जाता था।...

"आ मैं तुझे रोटी बना दूं।" एकता ने किसी सपने की बू से चौंककर कहा, और अपने भतीजों को रसोई में बिठाकर, उसके आगे एक प्लेट रखकर, रोटी पकाने लगी।

रामप्यारी की पोती कुंती अपनी दादी के साथ आई हई थी, कई बार आ जाती थी, एकता को रोटी पकाते हुए देखकर बड़ी हैरान हुई। "मेम साहब रोटी पकाते हैं।" कुन्ती ने कहा और हंसती गई। एकता ने उसे कई बार कहा था कि वह उसे 'मेम साहब' न कहा करे पर बच्ची को उसकी बात कभी समझ में नहीं आई थी। बीबी जैसा साधारण शब्द तो सबको कहा जा सकता है, वह शायद सोचती थी, यह एकता को और उसकी भाभी को यह नहीं कह सकती थी। चाहे एकता ने उसको बताया था कि वह उसे सिर्फ बीबी या एकता बीबी कहा करे। पर बच्ची को लगता था, बीबी तो लोग उसकी मां को भी कह लेते हैं, फिर जो वह एकता को या उसकी भाभी को भी बीबी कहे तो उसकी मां और इनमें क्या फर्क रहेगा।

"तू रोटी खाएगी, कुंती?" एकता ने हंसकर बच्ची से पूछा। बच्ची एकता को जवाब देने के बजाय अपनी दादी की तरफ देखने लगी।

"मां गुस्से नहीं होगी, आ जा रोटी खा ले!" एकता ने फिर एक दिलासा देते हुए बच्ची को कहा।

"जा, खा ले अगर खानी है तो", जब तक रामप्यारी ने यह नहीं कहा, बच्ची उसी तरह चुप की चुप खड़ी रही। फिर धीरे-से एकता के पास जाकर खड़ी हो गई।

एकता जब आटे का एक पेड़ा बनाकर, पेड़े को चकले पर बेलने लगी तो बच्ची ने इतराकर कहा, "मैं मच्छी खाऊंगी।" सब्ज़ियां बनी हुई थीं पर मच्छी या मांस की कोई चीज़ नहीं बनी थी। एकता कुछ हैरान-सी कहने लगी, "आज तो सिर्फ मटर आलू बने हैं, गोभी बनी है या रात की एक सब्ज़ी..."

"यह बावलों की-सी बातें करती है..." रामप्यारी कह रही थी कि उसी वक्त बच्ची ने चकले के पास होकर कहा, "मैं मच्छी बना देती हूं, आप इसे तवे पर पका दें, और बच्ची ने चकले पर बेली हुई रोटी के पास आकर चाक से रोटी पर एक मच्छी की शक्ल बना दी।

"यह इसी तरह करती है। ऐसे ही आटा बिरान करती है, कभी गोल रोटी की जगह लम्बूतरी जैसी बना देती है कि यह मच्छी बन गई, यह मुरगा बन गया..." रामप्यारी कहते कहते बच्ची को झिड़कने लगी, "हमने जाने कौन-से पाप किए हैं, अपने होश में तो किसी जानवर को भी नहीं सताया, पर किसी जन्म में तो किए ही होंगे। पर तू मानती नहीं...तुझे कितनी बार वताया है कि..."

एकता रामप्यारी की बात नहीं सुन रही थी, वह चाकू से आटे की कटी हुई मच्छी की तरफ देखती सोच रही थी—इस छोटी-सी बच्ची में मच्छी या मुर्गी खाने की जो भूख थी वो तो थी, पर इसकी ड्राइंग कितनी ठीक थी। शायद इसके अन्दर...ड्राइंग की कोई कुदरती जांच थी।

"यह मच्छी बन गई। मैं दूसरी रोटी बेलू, तू उसका मुर्गा बनाएगी?"

"हां।"

"फिर तीसरी रोटी बेलुंगी, तो इसका क्या बनाएगी?"

"फिर मुझे भूख ही न रहेगी।"

बच्ची ने एकता की बात नहीं समझी थी। एकता ने कुछ न कहा, सोचा, किसी वक्त कागज़ और पेंसिल देके इसे फिर कहंगी कि वह कागज़ पर मच्छी भी बनाए और कुछ और भी। बच्ची अपनी ही रौ में फिर कहने लगी, "मैं केला, सन्तरा, अंगूर सब कुछ इसी तरह बना लेती हूं।"

उस वक्त एकता ने कुछ नहीं कहा। उसके बाद वह बच्ची को अपने कमरे में ले गई। उसे कागज़ दिया, पेंसिल दी और कहा, "अच्छा, अब इसपर चाहे केला-सन्तरा बना, चाहे जो तेरा जी करे।"

"इसका क्या फायदा, मैं कागज़ थोड़े ही खा सकती हूं!" बच्ची ऐसे हंस पड़ी जैसे उसने कोई बड़ी सयानी बात की हो। एकता को भी हंसी आ गई—पर दुखी हुई—बच्ची जिस भी चीज़ को सोचती थी सिर्फ भूख की शक्ल में सोचती थी—एक बुनियादी भूख की शक्ल में।

'जिस्म की बुनियादी भूख के बाद जब इसका मन की बुनियादी भूख से वास्ता पड़ेगा...' एकता के मन में इस बच्ची के आने वाले बरस आ गए-वो बरस जो अब उसके अपने ऊपर आ चुके थे।

'इसका और मेरा क्या फ़र्क है? यह असली मच्छी को नहीं खा सकती, आटे में उसकी शक्ल बना के सेंककर खा लेती है। मैं जो कुछ जीना चाहती हूं नहीं जी सकती, सपनों में, किताबों में उसकी परछाई देखकर उसकी कल्पना में जी लेती हूं।' एकता अपनी सोचों में डूबी हूई थी, जिस वक्त उसने गीली आंखों से देखा—बच्ची कमरे से बाहर जाकर बरांडे में खड़ी हुई थी और बरांडे में खड़ी बाहर के छोटे बगीचे में किसी चीज़ को बड़े ध्यान से और मस्त होकर देख रही थी।

"क्या देखती है कुंती?" एकता ने बरांडे में जाके बच्ची के पास खड़ी होकर धीरे से पूछा। बच्ची इस वक्त सामने बगीचे में नहीं ऊपर आसमान की तरफ देख रही थी।

"उस चील को।"

"तू कागज़ पर इस चील की तसवीर बना सकती है? अच्छा, कागज़ पर नहीं, रोटी पर।"

"मैं चील को नहीं खा सकती, कोई भी नहीं खा सकता, यह किसीसे नहीं पकड़ी जाती, झट से उड़ जाती है...," चील अब आसमान में दिखती नहीं थी, पर बच्ची अब भी आसमान की तरफ देख रही थी।

एकता को लगा उसका सवाल गलत था क्योंकि बच्ची हर चीज़ को

भूख से जोड़कर सोचती थी। उसने कुछ हैरान-सी होकर पूछा—फिर तू चील क्यों देख रही थी?"

"मेरा चील बनने को जी करता है।" बच्ची ने एक बार एकता की तरफ देखा, फिर पहले की तरह आसमान की तरफ देखने लगी।

"तेरा चील बनने को जी करता है, चील का शायद लड़की बनने को जी करता होगा—कुंती बनने को।" एकता हंस पड़ी।

"नहीं, चील का लड़की बनने को जी नहीं करता।"

बच्ची के सारे जवाब सादे थे पर फैसले की तरह दिए हुए। एकता ने कुछ हैरान-सी होकर फिर पूछा—"तुझे किस तरह पता है कि चील का लड़की बनने को जी नहीं करता, क्या मालूम करता हो?"

"कर ही नहीं सकता।"

"क्यों?"

"क्योंकि लड़की के पंख नहीं होते।"

कुंती की 'बाल फिलासफी' ने एकता के मन में एक तपती-सी लकीर खींच दी। यह लकीर एकता की अपनी परेशानी से भी जुड़ी हुई थी। पर उससे बढ़कर उस परेशानी से जुड़ रही थी जो बिल्कुल बेगानी थी—आज की बाल कुंती की परेशानी, आनेवाले कल की जवान कुतो को परेशानी, और एक नहीं बेहिसाब कुंतियों की परेशानी।

"जो मैं चील बन जाऊं, फिर बड़ी मौज हो जाए—" बच्ची अपनी रौ में कह रही थी।

"फिर तू क्या करे?"

"सारा दिन उड़ती रहूं, उड़ती रहू, और जब भूख लगे, नीचे प्राकर जहां रोटी पड़ी हो वहां से रोटी ले जाऊं, और मिनट-भर में उड़ जाऊं।"

रोटी कमाने और रोटी छीनने के बीच का फर्क बच्ची को पता नहीं था। इस फर्क का सवाल भी इस वक्त नहीं था। वह सिर्फ हंसना और उड़ना चाहती थी। दो बड़ी सादा-सी बातें। "पर यही दो बातें इस दुनिया में सबसे मुश्किल हैं," एकता ने हौले से कहा—"आज की छः बरस की कुंती को

भी, आनेवाले कल की बीस बरस की कुंती को भी, और आनेवाले परसों की चालीस बरस की कुंती को भी......"

5

एकता को लगा उसके मन में अंधेरा तो नहीं, पर कुछ अंधेरा-सा ज़रूर था। ज़िन्दगी की किसी घड़ी या किसी पल को पकड़ के उसने जगाना चाहा। कई छोटे-छोटे खयाल आए पर मन में ठहरे नहीं—जैसे एक मोमबत्ती थी जिसे जलाने के लिए वह बार-बार माचिस की तीलियां जला रही थी, मोमबत्ती जल नहीं रही थी, और हर तीली एक हल्की-सी रोशनी देकर फिर बुझ जाती थी।

जलती-बुझती रोशनी में आखिर मोमबत्ती जल पड़ी पर इसकी रोशनी में एकता को अपना नहीं वीरा का मुंह दिखाई देने लगा। वीरा स्कूल के दिनों में उसकी वाकिफ बनी थी। कालेज के सारे साल वह वाकिफ रही थी, पर यह वाकफी हमेशा ही एकता को ऐसी लगती थी कि जो वह चाहे तो यह वाकफी उसके दिन की भी और उसके दिल की भी सारी जगह घेरकर बैठ जाती थी, और जो वह ना चाहे तो वह बिल्कुल अदृश्य हो जाती थी। वीरा से नहीं पर उसकी वाकफी से जैसे एकता आंखमिचौली-सी खेलती रहती थी। और जब आज वीरा याद आई तो एकता को लगा कि वह कितने दिन से वीरा को खोज रही थी।

वीरा से जो कुछ पाया हुआ था, एकता को याद आया—छोटी-सी थी, मुश्किल से अट्ठारह साल की, जब वीरा के मां-बाप की यहां से बदली हो गई थी। वीरा के इम्तहान में तीन महीने रहते थे, वह मां-बाप के साथ नहीं जा सकती थी, होस्टल में भी नहीं रही थी, अपने घर में अकेली रही थी। एकता ने ज़रा-सा डर के उससे एक दिन पूछा था—

"रात को तुझे अकेले डर नहीं लगता?"

"नहीं।"

"रात को तू अकेली......"

"अकेली नहीं होती।"

"रात को कौन होता है तेरे पास?"

"कभी कोई, कभी कोई।"

वीरा हंस दी थी, एकता घबरा गई थी। फिर वीरा ने कहा था—"मसलन कल रात—कल रात आइ वाज़ स्लीपिंग विद समरसेट मॉम, और आज मेरा खयाल है आइ विल स्लीप विद हेमिंग्वे।"

"मर परे," एकता ने हंसी से दोहरी होकर उससे कहा था, "यू सिली गर्ल।" वैसे बाद में जब एकता अकेली बैठी तो उसे लगा कि उसने वीरा से कहा था, 'यू वंडरफुल गर्ल'—और उस दिन के वाद इम्तहान के दिनों में भी एकता को यह बात नहीं भूली थी। एक दिन इम्तहान के कमरे में से बाहर आकर, उस दिन के सवाल—जवाब मिलाते हुए, उसने वीरा के कान में धीमे से पूछा था—"रात को तू किसके साथ सोई थी?" और वीरा ने धीरे से मुस्कराकर कहा था—"थोड़ी देर कामू के साथ, फिर इंगलिश लिटरेचर के साथ। आज सुबह इंगलिश लिटरेचर का पेपर था।"

"शुक्र है तूने हिस्ट्री नहीं ली, नहीं तो हिस्ट्री के साथ सोकर तुझे लैसबियन बन जाना था।" एकता खिलखिलाकर हंस पड़ी उस दिन वीरा भी बहुत हंसी थी।

एकता को याद आया, एक बार वीरा को बुखार हो गया था। वह तीन दिन कालेज नहीं आई, थी, और एकता उसकी खबर पूछने के लिए जब उसके घर गई, बीरा ने बताया था, "मिस्टर फ़्लू आ गया था, जाने का नाम ही नहीं लेता था, आज मुश्किल से भेजा है।" तो एकता ने उसके मज़ाक को आगे चलाते हुए कहा था, "हेमिंग्वे और कामू के बाद मि० फ्लू का तजरुबा कैसा लगा?"

वीरा ने गम्भीर होकर जवाब दिया था, "इट वाज़ ए सौर्ट आफ रेप, इसे मैंने बुलाया नहीं था, ज़बरदस्ती आ गया था।"

उसके बाद एकता ने वीरा के लिए किसी बात को फेमिनिन शक्ल में बयान करना मुश्किल कर दिया था। बात उसके मुंह में होती, एकता उसे लैसबियन कहके चिढ़ाना शुरू कर देती।

यह बहुत दिनों बाद एकता को पता लगा था कि वीरा के अंदर उदासी का एक ऐसा गढ़ा पड़ गया था जिसे किसी चीज़ से भी भरा नहीं जा सकता था। वीरा ने बहुत छोटी उम्र में ही बहुत बड़ी मुहब्बत कर ली थी। एक बार जब अखबार में एक यंग पायलेट के एयर कैश की खबर आई थी, किसीको यह खबर पता नहीं लगी थी कि वीरा की मुहब्बत भी आध आसमान से गिरकर चूर हो गई थी। यह चूर-चूर हुई महब्बत के कंकर थे, जिन्हें वीरा रोज़ हंस-हंसकर चुना करती थी।

जिस दिन एकता को यह पता लगा था, उसी दिन की बात है, थोड़ी देर पहले की, एकता ने उसको उसके जन्म-दिन की एक सौगात दी थी। यह सौगात खलील जिब्रान की किताब 'सेल्फ पोट्रेट' थी। उसमें उसकी बहुत प्यारी तस्वीर थी; और एकता ने कहा था, "आई वुड लाइक यू टु स्लीप विद खलील जिब्रान, ही इज़ वेरी हैंडसम।" वीरा ने जवाब दिया था, "आई वुड लव टु।" उस दिन एकता उसे फ्लर्ट लड़की कहकर चिढ़ाती रही थी। और उसी दिन जब वीरा का दर्द उसके कानों में पड़ा था, उसकी जीभ कट गई थी। उसके बाद हंसी में भी यह लफ्ज़ उसके मुंह से नहीं निकल सका था।

एकता अपने ब्याह के बाद एक तरह से वीरा से बिछड़ गई थी। वीरा अपनी पढ़ाई के लिए अमरीका चली गई थी जहां से उसने एकता को कभी कोई खत नहीं लिखा था। उसने जाते वक्त ही कहा था कि किसीको खत लिखना उसकी आदत में कभी न शामिल हुआ और न हो सकेगा।

आज एकता को वीरा की तरसकर याद आई, इतनी, कि उसने उसी वक्त उठकर अपने भाई को जगाकर पूछा कि उसको अगर कोई वीरा की खबर हो कि वह आजकल कहां थी।

"मैं तुझे बताना भूल गया, एकी! तेरी वीरा संधू आजकल यहीं है,

उसी कालेज की प्रिंसिपल, जहां कभी वह पढ़ती थी, तू भी जहां पढ़ती थी।"

"उसने ब्याह किया है कि नहीं?"

"मैं उसे कभी मिला नहीं, पर मेरा खयाल है, नहीं। उसकी एक किताब छपी है इन दिनों, यहां नहीं, अमरीका में। मुझे किसी ने बताया था।"

"वह प्रिंसिपल है तो उसका फोन ज़रूर होगा।"

"हां, फोन ज़रूर होगा।"

"अपने दफ्तरवाले कमरे की मुझे चाबी दे दे।"

"इस वक्त फोन करेगी? बड़ी रात हो गई है।"

"एक बार करके देखूंगी...या फिर कल बहुत सवेरे करूंगी"

एकता ने भाई से चाबी लेकर उसके दफ्तरवाला कमरा खोला। फोन सिर्फ उसी कमरे में था। डाइरेक्टरी में से नम्बर ढूंढा।

"वीरा?"

"हां, वीरा बोल रही हूं।"

"मैं एकी बोल रही हूं, तू शायद पहचानेगी नहीं।"

"तुझे नहीं पहचानूंगी?"

एकता का खयाल था वीरा की आवाज़ में एक ठंडी-सी दूरी होगी। दोनों के बीच बरसों की सलाखें थीं। दोनों ने अपने-अपने तजुरबों की एक कैद-सी भुगती थी, भुगत रही थीं। कैद सिर्फ उदासी की नहीं होती, खुशी की भी होती है, ज़िन्दगी के बहलावे की भी होती है। पिछले दिनों एकता इस तरह ही बरसों बाद बचपन की एक सहेली उमि से मिली थी। उमि से अचानक उसकी मुलाकात बम्बई के एक क्लब में हुई थी तो वह अपने खाविन्द करनल पुरी से एकता को मिलाते हुए जितनी भी बातें करती रही थी, एकता को लगा था जैसे उमि ने सलाखों के बीच में से हाथ आगे करके, उसके साथ एक बार हाथ ज़रूर मिलाया था, और कुछ नहीं। इस वक्त एकता जब वीरा को फोन करने लगी थी, उसे एक बार उमि के साथ हुई मुलाकात का खयाल ऐसे आ गया था कि उसने नम्बर के दो आंकड़े मिलाकर एक बार तो फोन हाथ से रख दिया था। दूसरी बार फोन उठाने के

लिए उसे दो मिनट अपना मन तैयार करना पड़ा।

उमि की मुलाकातवाला तजुर्बा दोहराया नहीं गया। वीरा वही वीरा थी जिसकी वाकफी कभी एकता के दिन की भी, और दिल की भी सारी जगह घेरकर बैठ जाती थी।

"सच बता, तू इस वक्त अकेली है?" एकता ने पुरानी रौ में पूछा।

"नहीं भई, अकेली नहीं। तू मुझे फ्लर्ट कहती थी, याद है तुझे? इसलिए मैंने तेरा उलाहना उतारने के लिए ब्याह कर लिया है।"

"सच, मैं बड़ी खुश हूं, वीरा। पता नहीं क्यों, मुझे अन्दर से कहीं डर लगता था कि तू ब्याह नहीं करेगी।"

"सचमुच तू ऐसा सोचती थी?"

"सोचती इससे बिल्कुल उलट थी कि तू अमरीका जैसे एडवैचरस देश में रही, फ्रांस जैसे आर्टिस्टिक देश में रही—तू फ्रांस भी रही थी न?"

"रही नहीं थी, कुछ दिनों के लिए गई ज़रूर थी।"

"मैं सोचती थी तू वहां से वापिस नहीं आएगी, ज़रूर वहीं ब्याह कर लेगी। तुझे पता है, मैं साईकॉलॉजी की नीम-हकीम हूं, सोचती थी, शायद तू अपने देश के किसीके साथ ब्याह नहीं कर सकेगी, अपने देश के हर किसीमें तुझे 'उसका' खयाल आएगा।"

"उसका खयाल परदेशी शक्ल में नहीं आ सकता था?"

"यह भी साईकॉलॉजी होती है, वीरा! अलग ज़बान के और अलग शक्ल के लोग....."

"रहने दे अपनी साईकॉलॉजी।"

"पर मैं खुश हूं कि मेरी साईकॉलॉजी गलत निकली। और यह डर भी गलत निकला कि तू शायद ब्याह नहीं करेगी। सोचती कुछ थी, डर कुछ और लगता था। मैं कल तुझसे आकर मिलूंगी, उसे भी देखूगी तेरे मिस्टर ... मुझे उसका नाम तो अभी बता दे।"

"यू विल बी शॉक्ड।"

"क्यों, कोई बूढ़ा आदमी चुना है? तुझे टाल्सटाय, हेमिंग्वे, शुरू से बूढ़े आदमी पसंद थे।"

"इस बार एब्सोल्यूटली यंग है।"

"पर तू हिन्दुस्तानी औरत की तरह उसका नाम नहीं लेगी?"

"मेरे में हिन्दुस्तानी औरत वाली बात शुरू से कौन-सी थी?"

"फिर उस खुशनसीब का नाम तो बता दे।"

"मिस्टर पेन।"

"माई गॉड—"

"मैंने तुझे कहा था, यू विल बी शॉक्ड।"

एकता को याद आया कि अभी उसके भाई ने बताया था कि वीरा की एक किताब अमरीका में छपी है। एकता का मन वीरा के लिए एक मान से भर आया, पर इस पहुंच के पीछे कितनी बड़ी तन्हाई थी, उसके अहसास से एकता का मन भी और आंखें भी भर आई।

"चूप हो गई है, एकी?"

"सोच रही हूं कुछ मुंह कैसे होते हैं जिन्हें एक बार देखने के बाद कुछ देखा ही नहीं जा सकता।"

"क्या मतलब?"

"उस पायलेट में तूने पता नहीं क्या पाया था, वीरा, जिसने और कुछ पाने की जरूरत ही न रहने दी।"

"यह बात नहीं, एकी! ज़रूरत का वक्त चुकता कब है? और फिर असली ज़रूरतों का वक्त तो आया ही बाद में। मैं तब मुश्किल से अट्ठारह बरस की थी जब वह.....

"फिर यह सब कुछ क्यों, वीरा? तू कभी कुछ क्यों नहीं चाहती?"

"जिस दुनिया में इन्सान की कीमत कम हो, चीज़ों की ज़्यादा, वहां कोई कुछ चाहे तो क्या चाहे? यही सोचती रहती थी, अब भी सोचती हूं, यही समझने के लिए मैंने लिखना शुरू किया था, यही समझने के लिए लिखती रहूंगी....."

"कौन-सा इन्सान, कौन-सी चीजें, वीरा?"

"तुझे पता नहीं, मुझे भी बाद में पता लगा था। जब एयर क्रैश हुआ था, वह सिर्फ ज़ख्मी हो गया था, बच सकता था, पर उसे बचाया नहीं गया। उसकी मां सौतेली थी, वह बच जाता तो उसके हिस्से की जायदाद ...."

"माई गॉड......"

"यह सब कुछ इतना भयानक है, एकी! मैं मौत को भूल सकती थी पर इस बात को नहीं भूल सकती—जिस दुनिया ने दस-बीस या पचास हज़ार की खातिर उसे नहीं बचाया, मुझे उस दुनिया से क्या लेना है!"

"पर, वीरा!"

"हां।"

"दुनिया सिर्फ एक औरत का नाम नहीं, इस सब कुछ के पीछे, एक औरत का गुनाह है, पर ....."

"वह औरत दिखती चीज़ है, वह रुचि दिखती चीज़ नहीं, पर वह रुचि किसमें नहीं, एकी? सिर्फ कम या ज्यादा मात्रा का सवाल है..."

"हां, जो सब कुछ के अर्थों में उतरने लगो तो..."

"अर्थों में जब इन्सान उतरने ही लग जाए तो फिर यह नहीं हो सकता कि कुछ दूर उतरकर खड़ा हो जाए।"

"ज़िन्दगी को देखने के बाद शायद इसी जगह पहुंचते हैं जहां तू पहंची है, पर......"

"पर क्या, एकी?"

"यही कि एक बार तू ज़िन्दगी देख लेती, फिर चाहे इसी जगह पहुंच जाती।"

"ज़िन्दगी मैंने देखी है, एकी! पर जो नहीं देखी उसका कोई पछतावा नहीं।"

"सच वीरा, तू ऐसा सोचती है?"

"बिलकुल सोचती हूं।"

"एक बार की बात है—बड़ी छोटी थी, अपने पापा के पास बैठकर

स्कूल का कोई लैसन कर रही थी। पापा अपने एक दोस्त से बातें भी करते जा रहे थे, मुझे पढ़ाते भी जा रहे थे। पता नहीं क्या बहस थी, पापा का दोस्त कह रहा था, 'इन्सान कितना ही तगड़ा हो, सब्र से उनतीस दिन तो काट लेता है, पर आखिर तीसवें दिन वह टूट जाता है—पछता जाता है, और तीसवां दिन हर महीने ज़रूर आता है—' मैं स्कूल की किताब परे रखकर बोल उठी थी—'चाचाजी, फरवरी में तीसवां दिन नहीं पाता,' सब हंस पड़े थे, उस दिन उन्होंने हंसी में मेरा नाम मिस फरवरी रख दिया था; पर आज सोचती हूं, असल में यह नाम तेरा होना चाहिए।"

"तेरी मेहरबानी एकता। पर अपनी मिस फरवरी को मिलने कब आयेगी?"

"इस वक्त रात न होती, अभी आ जाती, सवेरे-सवेरे आऊंगी, तेरे कालेज जाने से भी पहले। सवेरे चाय का प्याला तेरे हाथों आकर पीऊंगी......"

सुबह-सुबह एकता जब वीरा के छोटे-से बंगले जैसे घर पहुंची, उसने फाटक के पास खड़ी वीरा को पहचान लिया। वह सामने बाड़ के पास लगे फूलों को पानी दे रही थी। दस बरस के अरसे ने वीरा के जिस्म को बहुत भरा नहीं लगता था, सिर्फ उसके मुंह की बड़ी जवान सोचों को गंभीर कर दिया लगता था। वीरा के मुंह की वह जवान सोचें आज भी एकता को याद थीं, जो किसी घड़ी चमक के उसके मुंह पर सुर्ख हो जाती थीं, और किसी घड़ी बुझकर सलेटी-सी। यह पहचान एकता को इस समय वीरा के मुंह पर नहीं दिखी, तब भी उसने वीरा को पहचान लिया था।

फाटक के पास पैरों की आहट ने वीरा को भी एकता के आने का आभास दे दिया था। उसने फाटक के पास खड़ी एकता की तरफ देखा था, पर उसके देखने से एकता को एक अजीब खयाल आया कि वह उसकी तरफ नहीं देख रही थी, उसको लांघ के, उसके परे देख रही थी। एक बार एकता ने चौंककर पीछे देखा, पिछली तरफ, जैसे वीरा जिसकी ओर देख

रही थी, वह एकता से परे खड़ा था। परे कहीं कुछ नहीं था और एकता को लगा जैसे वीरा वर्तमान को नहीं देख रही थी, वर्तमान की उस आखिरी हद को देख रही थी, जहां वर्तमान की हद खत्म होती है और भविष्य की हद शुरू होती है।

"तूने मुझे पहचाना नहीं?" एकता ने फाटक के पास आती वीरा से कहा।

"तूने रात को फोन न भी किया होता तो भी पहचान जाती।"

"पर अभी मुझे ऐसा लगा था जैसे तू मेरी तरफ नहीं, मेरे से परे देख रही है।"

"परे?"

"पता नहीं कहां!"

"तूने मुझे कल रात मिस फरवरी कहा था, फिर मैं पता नहीं अपने या तेरे से परे मार्च को देख रही होऊंगी।"

"तीसवें दिन को लांघे बिना......सचमुच तू वही वीरा है। मुझे डर था तू शायद बदल गई होगी।" एकता की आवाज़ आत्मीय हो गई और उसने आगे होकर वीरा को बांहों में ले लिया।

"मेरी तरह तेरा इन्तज़ार करता पानी भी अधीर हो गया होगा, स्टोव पर। चाय के लिए रखकर आई थी। चल, अन्दर चलें।" वीरा जब यह कहके एकता को अन्दर कमरे में ले गई, एकता को सारा कमरा वीरा के अस्तित्व का हिस्सा लगा—वीरा के खयालों की तरह बड़े ही करीने से सजा हुआ। किसी भी चीज़ को देखने से उसके ज़्यादा मोल का खयाल नहीं आता था, सिर्फ उस रुचि का अहसास होता था जो हुनरी भी थी, सादा भी, और संजीदा भी। एक दीवार पर आसाम की बनी हुई बड़ी प्यारी सिरकी लगी हई थी। उसके आगे एक दीवान था जिसपर बातिक-काम का खद्दर का गिलाफ था। इस दीवान पर एक गोल तकिया था जिसके एक किनारे चांदी के घुंघरू बंधे हुए थे। कमरे में किताबें बहुत थीं, पर इस तरह रखी हुई कि बहुत होने का बोझ आंखों पर नहीं डालती थीं। पत्थर के दो तिकोने प्याले थे जिनमें कुछ ताजा फूल पड़े हुए थे, और उनके नीचे चौकियों के नाम पर

जो कुछ था, वह किसी पेड़ के तने से कटे हुए दो बड़े टुकड़े थे।

"वीरा! तू अब तक बिल्कुल अकेली....."

बात अभी एकता के होंठों पर थी, वीरा हंस दी, "कुछ अकेले लोग होते हैं जो अकेले चलते हैं, कुछ हमेशा किसीके साथ चलते हैं फिर भी अकेले होते हैं। मैं पहले लोगों में से हूं। तेरा मुझे पता नहीं।"

"मैं दूसरे लोगों में से हूं।" एकता ने धीरे से कहा, पर मुस्करा कर। न मुस्कराती...शायद अच्छा था, क्योंकि मुस्कराने से उसका मुंह बहुत उदास दिखने लगा था।

"तू खुश नहीं, एकता?"

"अकेलेपन की तरह शायद दर्द भी दो तरह का होता है। एक उस इन्सान का दर्द जो कभी खुशी की तलाश में कहीं न जाए—जिस तरह तू। एक उस इन्सान का दर्द जो खुशी की तलाश में घर से निकला हो, दस साल इसी तलाश में चलता रहा हो और फिर उसे पता लगे कि वह कहीं भी नहीं पहुंचा, यह मैं हूं।"

केतली में से प्याले में चाय डालती वीरा ने एक बार एकता की तरफ देखा, ऐसे जैसे वह एक ताजे ज़ख्म को देख रही हो, कहा कुछ नहीं। फिर चाय पीती हुई धीरे से कहा, "यह बात नहीं, एकी, कि मैं खुशी की तलाश में कहीं नहीं गई। बड़े लोगों से मिली हूं। लोग एक बहुत बड़ी किताब की तरह होते हैं, पर किसी वरके को पलटते हुए यह नहीं लगा कि मैं इसी वरके की इबारत को ढूंढ रही थी। बहुत सारे वरके तो ऐसे होते हैं, एक पंक्ति पढ़ो तो वरका पलट दो...कहीं कोई पंक्ति अच्छी भी होती है, पर एक आधी पंक्ति के लिए..." वीरा ने फिकरा बीच में ही छोड़ दिया और हंस पड़ी, कहने लगी—"इस मेरी फिलासफी को तू मेरे तक ही रहने दे।"

"तेरी बड़ी हिम्मत है, वीरा!"

"सिर्फ इतनी कि वह मेरा हाथ पकड़कर मुझे भुलावों में से गुज़ार देती है, नहीं तो मैं आज किसी भुलावे में ज़रूर खड़ी होती। भुलावे तो खैर वक्त पाकर दूर भी हो जाते हैं, बहुत जिद्दी नहीं होते, पर उनकी छोड़ी हुई

निशानियां बहुत जिद्दी होती हैं, भुलावे उतर भी जाएं वह तब भी कायम रहती हैं।"

"निशानियां?"

"ये निशानियां ही होती हैं—हाथ में पड़ी हुई अंगूठी, मांग में पड़ा हुआ सिन्दूर, या कचहरी में पड़ा हुआ कागज़ का टुकड़ा..."

"हां, वीरा।"

"तेरे मुंह पर पड़ी हुई सोच की लकीरें मैं देख सकती हूं एकी!"

"ये लकीरें भी निशानियों की तरह शायद बहुत जिद्दी होती हैं। मैं निशानियां भी भुगत रही हूं और लकीरें भी।"

एकता ने हाथ की हथेली से अपने माथे को छुआ, दाईं तरफ माथे पर लटक आये बालों को अंगुलियों से परे किया, और उसके मन में एक कसक-सी पड़ी कि जो कहीं माथे में उभर आई सोचें, और उन सोचों की लकीरें भी उंगलियों से पकड़कर परे की जा सकतीं......।

फिर एकता ने अपने हाथों को गौर से देखा, मुट्ठियों को खोलकर और भींचकर, और फिर जब उसने आंखें ऊपर करके वीरा की तरफ देखा, उसकी आंखों में हल्की-सी परेशानी थी। कहने लगी—"इन हाथों की पकड़ में जो कुछ आता है वह अपना क्यों नहीं होता?" और फिर अपने सवाल की परेशानी को आप ही टालती अपनी उंगलियों की दरारों में से झांककर कहने लगी—"छोटी थी, किसीने मेरी उंगलियों में पड़ी दरारों को देखकर कहा था, तेरे पास पैसा जमा नहीं हो सकता, जब भी जमा होगा, खर्चा जाएगा, उंगलियों की दरारों में से बह जाएगा। सो पैसे का भी कसूर कोई नहीं, और किसी और का भी नहीं,.. इन मेरे हाथों में कुछ नहीं जमा हो सकता।"

वीरा ने कहा कुछ नहीं, सिर्फ धीरे से एकता के एक हाथ को अपने हाथ में ले लिया। एकता को याद आया, वीरा हमेशा ही बड़ी चुप होकर दूसरे की बात सुनती थी, तब भी जब छोटी होती थी; पर बात करनेवाले को जो तसल्ली वीरा के सामने बात करके होती थी वह और किसीके सामने करके नहीं। वीरा जैसे बात को सुनती नहीं थी, पीती थी...। फिर वह सिर्फ

कानों से नहीं, आंखों से भी सुनती थी, और बात सुनते हुए जब दूसरे का हाथ या कन्धा धीरे से छू लेती थी, तो दूसरे को लगता था कि वह हाथ के पोरों से भी सुनती थी। कालेज के दिनों में एकता कई बार वीरा को कहती थी तू लड़की है कि स्याहीचूस? बात को इस तरह पी जाती है कि फिर बात ही खत्म हो गई लगती है—अब भी एकता ने हंस के वीरा को वही उसका पुराना नाम लेकर बुलाया, "स्याहीचूस!" और फिर कहने लगी, "तेरा भेद मुझे पता लग गया है कि तूने किस तरह अपना नावेल लिखा होगा। तेरे पात्रों के मन ज़रूर तेरे आगे खुल पड़े होंगे, और तूने स्याहीचूस की तरह उन्हें चूस लिया होगा।"

"और मेरा मन?" वीरा हंस पड़ी, "सबसे बड़ा स्याहीचूस मैं अपने मन के लिए हूं।"

6

मां से मिली विरासत की जो जायदाद एकता के हिस्से में आती थी, वह थोड़ा-सा सहारा ज़रूर थी, पर गुज़ारा नहीं था। कोई नौकरी ढूंढ़ने के लिए एकता कितने दिनों से सोच रही थी। भाई के लिए अपने कारोबार में एकता के लिए जगह बनानी कोई मुश्किल नहीं थी, पर वह सोचती थी कि वह अपने पर अपने विश्वास को जितना किसी बेगानी जगह पर नौकरी करके रख सकती थी उतना भाई के कारोबार में नहीं।

अखबार में नौकरी की ज़रूरतवाला कालम पढ़ के एकता ने कई जगह दरखास्तें दी हुई थीं। यूं चाहे वीरा ने एकता को अपने कालेज में जगह देने के लिए खुद ही कहा था, पर एकता सोचती थी कि अगर उसे मद्रास से बाहर कोई नौकरी मिल जाए तो अच्छा था।

दरखास्तों के जवाब में, एक बहुत बड़े इत्तफाक की तरह, एकता को बम्बई से खत आया कि एक एडवरटाइजिंग कम्पनी को बहुत जल्दी उसकी ज़रूरत थी। दफ्तरी खत था, एकता की एप्लीकेशन के जवाब में,

जिसमें उसे इंटरव्यू के लिए अगले हफ्ते बम्बई बुलाया था। पर खत के दस्तखत देखकर एकता को लगा जैसे पहले कहीं यह नाम सुना हुआ था, पी० एल० शर्मा। एकता ने याद करने की कोशिश की, पर वह याद नहीं आया।

दफ्तरी खत जिस डाक में मिला था, अगली डाक में पी० एल० शर्मा का जाती खत मिला तो एकता को याद आया कि वह रघु का कुछ वाकिफ था। घर कभी नहीं आया था। पर दो-तीन बार बाहर पार्टियों में उसे रघु के साथ मिला था। रघु के किसी दोस्त के दफ्तर में काम करने के खयाल से एकता को कुछ झिझक-सी हुई, पर इसी झिझक से एकता को सुर्खरू करने के लिए पी० एल० शर्मा ने जाती खत लिखा था, इसलिए एकता ने इत्तला दे दी कि वह इन्टरव्यू के लिए ठीक तारीख पर पहुंच जाएगी।

एकता जब बम्बई पहुंची, वहां प्रिया के घर ठहरने के लिए जाते हुए मैरीन ड्राइव की भीड़ उसे बुरी नहीं लगी। ढलती हुई शाम में अभी हल्की-सी रोशनी थी—मन की एक रौ की तरह। इसी बम्बई में एकता ने कई साल उतावले समुद्र जैसी अपने मन की हालात भी देखी हुई थी, पर आज सड़क पर से गुज़रते हुए, सड़क के दाईं ओर बहता हुआ सागर उसे उतावला पड़ा नहीं, हौले से लहराता हुआ दिख रहा था। सड़क की रोशनियां बांहें पसारकर सागर के पानी को छू रही थीं—और छू के कांप रही थीं—जैसे कोई हकीकत की हद से निकलकर वर्जित सपनों को हाथ लगा ले..!

टैक्सी सड़क के जिस हिस्से में से गुज़र रही थी प्रिया का घर उससे बहुत दूर नहीं था। एकता ने टैक्सी में से अपनी छोटी-सी अटैची को निकालकर हाथ में ले लिया और टैक्सी को छोड़कर पैदल चलने लगी। वह प्रिया के घर जाने से पहले सड़क के किनारे पर खड़ी होकर कुछ देर अकेली सागर के पानी में कांपती रोशनी को देखना चाहती थी। "पानी की सतह पर अंधेरा बिलकुल निश्चल पड़ा हुआ है केवल रोशनी कांप रही है।" एकता ने सड़क की चौड़ी मुंडेर के पास खड़े होकर, अटैची को पैरों के पास रखा और

मंडेर पर दोनों कोहनियां रखकर वह सागर की ओर देखने लगी—रोशनी की तकदीर की ओर देखने लगी—

दूर-पास मुंडेर का आसरा लिए कई लोग खड़े थे। कइयों ने अपनी कोहनियां मुंडेर पर टिकाई हुई थीं। एकता सागर की ओर से आंखें हटाकर मुंडेर की ओर देखने लगी।

अपनी दोनों कोहनियां उठाकर एकता ने मुंडेर की ओर इस तरह देखा जैसे उससे पहले इसी जगह पर सैकड़ों और हजारों लोगों की टिकाई हुई कोहनियों की बहुत मोटी तह की ओर देख रही हो...

मुंडेर, ज़िन्दगी की एक हद की तरह, उसरी हुई थी। सागर की लहरें इस हद से टकराकर लगातार पीछे की ओर लौट रही थीं। हालांकि उन्हें पता था कि उन्होंने कभी इस हद को पार नहीं किया, कभी पार नहीं कर सकेंगी, पर वह फिर भी इसके साथ टकराने के लिए हमेशा आ जाती थीं, रुकती नहीं थीं। 'वह क्यों नहीं एक बार समझ जातीं कि इस हद को लांघा नहीं जा सकता,' एकता सोच रही थी और सोच रही थी कि उसकी तरह इस मुंडेर पर कोहनियां टिकाकर खड़े होनेवाला हर कोई शायद यही सोचता था...

लहरों की बेसमझी एकता को अच्छी लगी—शायद अपने सपनों की बेसमझी की तरह लगी थी। उसके मन में एक चैन-सा महसूस हुआ—टिका हुआ नहीं, पानी में कांपती रोशनी की तरह थरथराता-सा। तो वह एकता को अच्छा लगा। इस तरह का चैन भी उसने बरसों बाद देखा था।

मन में हिलता-डोलता चैन का एक टुकड़ा एकता को अच्छा भी लग रहा था और अजनबी-सा भी—जैसे वह मन में से पैदा हुई मन की एक चीज़ न हो, बाहर से आकर मन में पड़ गई किसी उस चीज़ की तरह हो जो फिर बाहर भी निकल सकती थी—शायद पानी में पड़ गई पानी की उस बूंद की तरह जो पानी से टूटकर किसी सीपी में पड़ना चाहती थी—अपने छोटे-से अस्तित्व को पानी के अथाह अस्तित्व से अलग करके देखना चाहती थी—गीली बूंद की शक्ल में नहीं, सूखे और कड़े मोती की शक्ल में।

"एक सौ रुपया, मैम साहब।" एकता को एक आवाज़ आई और लगा कि कोई उसके पास आकर खड़ा हो गया था। एक पतला-सा काला-सा छोकरा था। उसने एकता की ओर हाथ बढ़ाया, हाथ में कुछ पकड़ा हुआ था। शायद सौ का नोट था।

"हमारे पास चेंज नहीं है," एकता ने एक बार छोकरे की ओर देखा, कहा, और फिर ध्यान हटाकर सागर की ओर देखने लगी।

"मैम साहब......."

"क्या बात है?"

"एक सौ रुपया एक रात का, मैम साहब...सेठजी तुमको बुलाता है, उधर मोटर में खड़ा है—"

एक पल के लिए एकता के भीतर कुछ सुन्न-सा हो गया। लगा सामने खड़ा हुआ यह पतला-सा और काला-सा छोकरा ही नहीं, दुनिया में उसे कोई भी नहीं पहचानता...वह भूलकर इस दुनिया में आ गई थी। फिर सुन्न हुए भीतर में एक टीस-सी उठी और उसने उस लड़के की ओर देखा, "शट अप, भाग जाओ यहां से।"

एकता पैरों के पास रखा हुआ अटैची-केस उठाकर थके हुए मन से जब प्रिया के घर पहुंची, प्रिया के चमक उठे मुंह की ओर देखकर उसे भी हंसी आ गई। "बिन बुलाई मेहमान आई हूं," लफ्ज़ अभी एकता के मुंह में थे, प्रिया झिड़ककर बोली, "मर जा कहीं—यह रूखी ज़बान कहां से सीखकर आई है? वकील साहब आज ही सात दिनों के लिए हैदराबाद गए हैं, किसी नवाब ने बुलाया है, और पूछ मेरे मन से, मैं अभी बैठी यही सोच रही थी कि तुझे एक तार दूं कि तू मेरे पास आ जाए..."

"रूखी ज़बान नहीं भई, मैंने सोचा कि मैं तुझ पर कुछ अहसान ही कर लूं, अरी जो बुलाकर रात रखते हैं वह साथ सौ रुपया भी देते हैं, वह जगह छोड़कर तेरे पास आई हूं......"

और एकता ने प्रिया को अभी-अभी घटी वह बात सुनाई।

"तू दूर सपनों की दुनिया की ओर ही देखती रहती है, तुझे क्या पता

कि इस तरफ क्या होता है।"

"इस तरफ जो कुछ होता है, वह देख नहीं चुकी?"

"उससे भी बढ़कर बहुत-कुछ होता है...पर दूर कहां देखें, जहां जाया नहीं जा सकता?"

"भई, मैं तो दूर उस ओर देखती रहूंगी...चाहे वहां कभी न जा सकूं... इस ओर के साथ मेरी कभी भी सुलह नहीं होगी।"

"सुलह करने के लिए मेरे जैसे लोग जीते रहें, अगर तेरे जैसे भी सुलह पर उतर आएं तो फिर...," प्रिया ने बात को बीच ही में छोड़कर एकता को बिठाया और पूछने लगी—

"चाय बना दूं, रोटी खाने से पहले, तू थक गई होगी।"

"हां भई, चाय तो अभी पिऊंगी।"

"अच्छा मुझे यह बता, खाएगी क्या?"

"देख प्रिया, जो कुछ घर में बना है, खा लूंगी, पर तू मेरे पास आकर बैठ जा। इस बार मैं तुझे यह बिल्कुल नहीं करने दूंगी कि तू हर वक्त चौके में ही बैठी रहे, तुझे सात चीजें रांधने का खब्त है, वह तू अपने वकील साहब को ही खिलाया कर, मैं तो सिर्फ अचार से भी रोटी खा सकती हूं।"

"अच्छा एकी, मुझे भी तेरे पास बैठने के यह दिन जाने फिर कब मिलेंगे।...तुझे क्या पता मैं हर वक्त जैम और मुरब्बे क्यों डालती रहती हूं... शायद किसी के साथ बातें करने की ज़रूरत को ही पूरा करती रहती हूं।"

प्रिया जिस वक्त चाय का प्याला बनाकर लाई, एकता चुपचाप बैठी खिड़की में से बाहर देख रही थी।

"अकेली बैठी हंस रही है।"

"हां, हंस रही हूं, कुछ रुलाइयां ऐसी भी होती हैं जो सिर्फ हंसी जा सकती हैं। सोच रही हूं जिस वक्त सागर की मुंडेर के पास खड़ी थी, सपना-सा देखने लग गई थी, उस सौ रुपए वाले छोकरे को उसी वक्त आना था? शायद जिस वक्त कोई जुर्रत आती है सपना देखने की, उस जुर्रत पर

हंसनेवाला कोई मज़ाक भी पास ही खड़ा होता है।

7

पी०एल० शर्मा का दफ्तर एकता ने देखा नहीं था, वैसे उस इलाके को वह अच्छी तरह जानती थी, तो भी जाने से पहले उसने फोन कर लिया।

"ऐसी बासी-सी बनकर कहां चली है। कपड़े तो ढंग के पहन ले।" प्रिया ने एकता को वायल की सफेद धोती में देखकर कहा।

"सोशल-काल के लिए नहीं जा रही भई, नौकरी के लिए जा रही हूं, वर्किंग औरत के कपड़े पहनकर।"

"पर वह आश्रम नहीं दफ्तर है, वह भी एडवरटाइजिंग का।"

"तो एडवरटाइजमेंट लोगों से लेने होंगे, मैं अपना देने के लिए नहीं चली। अपनी पढ़ाई का सर्टिफिकेट देना होगा, वह ले जा रही हूं। वैसे वह वाकिफ हैं, उसे पता होगा ही।"

मि० शर्मा वाकिफ था पर तो भी एकता ने अपने आपको उन सवालों के लिए तैयार कर लिया था जो बिजनेस लाइन के सवाल हो सकते थे।

कोई सवाल सामने नहीं आया। एकता को तसल्ली से बढ़कर हैरानी हुई—काम का व्यौरा और वहां दफ्तर में बैठनेवाले घंटों की पाबन्दी की जगह, सिर्फ एकता को दी जानेवाली सहूलियतों का ज़िक्र था—दो कमरों का एक फ्लैट भी एकता को दफ्तर की ओर से मिल जाएगा, यह बहुत बड़ी सहूलियत भी उनमें शामिल थी।

"मि० शर्मा, आपकी कम्पनी इतना कुछ मेरे लिए करेगी पर उसके एवज में मैं..."

"माफ करना, आपकी बात काट रहा हूं एकता जी, कम्पनी मेरी भी उतनी ही होगी जितनी आपकी। इसे आप हमारी कम्पनी कहिए, क्योंकि मैं सोच रहा हूं आप इसमें एक छोटा-सा शेयर खरीद लें और इसके एक डाइरेक्टर भी हो जाएं।"

"पर शेयर खरीदने के लिए इस वक्त मेरे पास..."

"इसकी कोई ज़रूरत नहीं, एक हज़ार के शेयर ही काफी हैं। वह एक हज़ार भी आप अपनी इस महीने की तनख्वाह का एडवांस ले लें, और उसीके शेयर खरीद लें। मैं चाहता हूं दफ्तर में काम करनेवाले सभी लोग आपको कम्पनी का मालिक भी समझे।"

"यह सब कुछ मुझे...कुछ अहसान-सा लगता है..."

'अहसान मेरा नहीं, आपका होगा, रोज़ इस दफ्तर में आप आएंगी, बैठेंगी—आपकी कैबिन को, आप जिस तरह चाहें, फर्निश करवा देता हूं, दीवार का जो भी रंग आपको पसन्द आए, परदे भी आप जिस रंग के चाहें। टाइपिस्ट अपाइंटमेंट लैटर टाइप कर रहा है—वह आप अभी ले लीजिएगा, एडवांस तनख्वाह भी, उसकी रसीद भी मैंने उसे टाइप करने को कह दिया है, और शेयर के कागज़ भी वह तैयार कर रहा है। आइए, उतनी देर में मैं आपको आपकी कैबिन दिखाता हूं।"

समझ की पकड़ में कुछ नहीं आ रहा था, पर एकता को मि० शर्मा ने उठने को कहा था, वह उठ पड़ी, कैबिन देखी। कैबिन छोटी-सी थी—ज़रा लम्बी-सी। एकता को उसकी शक्ल बिल्कुल एक सवालिया फिकरे की तरह लगी। कैबिन में खड़ी को लगा कि सवालिया फिकरा उसके सामने नहीं था, वह सवालिया फिकरे के बीच खड़ी थी।

"आपका फ्लैट ज़रा दफ्तर से दूर पड़ेगा, पर कोई बात नहीं, सुबह आती बार मैं आपको अपनी गाड़ी में ले आया करूंगा।" मि० शर्मा ने कहा तो एकता को अपने गिर्द पड़ा हुआ सवालिया फिकरा कस गया लगा। कहने लगी, "मेरे कामकी तफसील आपने मुझको नहीं बताई, प्लीज़ वह ज़रा..."

"सबसे बड़ा काम एकता जी, आपका इस दफ्तर में आके बैठना है। कम्पनी फ्लरिश कर रही हैं, बड़े क्लाइंट्स जब आते हैं, उन्हें इम्प्रैस करने के लिए एक तो दफ्तर बहुत अच्छा होना चाहिए—आपने देखा ही है हमने दफ्तर को इस साल नई लुक दी है—फिर अगर आप स्टाफ में होंगी, स्टाफ में भी और मालिकों में भी..."

"मेरा खयाल था कि रुपया कमाना बहुत मुश्किल होता है। मुझे नहीं पता था..." एकता हंस पड़ी।

"आप जैसी खूबसूरत औरत के लिए मुश्किल? कौन-सा क्लायन्ट होगा जिसके साथ आप बात करें तो वह..."

"इसका मतलब है कि हर महीने एक खास रकम का बिज़नेस कम्पनी को लेकर देना होगा।"

"ऐसी कोई शर्त नहीं। यह आप पूछ रही थीं, मैंने कह दिया, वैसे बिज़नेस अपने आप आ जाएगा, मुझे यकीन है।"

"पर भई आपके क्लायन्ट्स आएं—" एकता झिझक-सी गई पर फिर भी हिम्मत बांधकर उसने कह दिया, "वह क्लायन्ट्स अगर मुझे ठीक न लगें—मैं उनके साथ बातें न कर सकें..."

"जब आपको पता हो कि कम्पनी आपकी है, और किसी क्लायंट के पास जाकर बात करने से आपकी कम्पनी को इतना प्राफिट होता है, उस वक्त कोई दिक्कत नहीं होगी, इसकी आप फिक्र न करें।"

"मेरा खयाल है कि..."

"चलिए, छोड़िए इस बात को, आपका जी चाहेगा तो किसी से बात करना, नहीं तो बिल्कुल नहीं। यह भी मैं यूं ही कह रहा था, मैं खुद ही शायद आपको ऐसे लोगों के पास नहीं भेज सकूंगा। आपका खयाल है आपको ऐसे लोगों के पास भेजने का मेरा हौसला पड़ जाएगा? मैं बहुत पज़ैसिव हूं..."

"यह भी शायद आप यूं ही कह रहे हैं—क्योंकि पहली बातों के बाद भी आपने कहा था कि..."

"तेरी कसम एकता," मि० शर्मा ने एकता के हाथ को अपने हाथ में लेकर और दोनों हथेलियों में दवाकर कहा, "तुझे क्या पता कि तू कितने सालों से मेरे दिल में समाई हुई है, पर मुझे लगता था कि सारे अरमान मैं अपने साथ लेकर ही मर जाऊंगा। अब जब सुना कि रघु से तूने तलाक ले लिया है तो मुझे लगा कि शायद ईश्वर ने मेरे लिए ही यह...मैं रोज सोचता था कि तुझ तक कैसे पहुंच पा सकता हूं कि तेरी एप्लीकेशन आ गई।"

एकता ने मि० शर्मा के हाथों से अपना हाथ खींचा नहीं पर उसे लग रहा था जैसे हाथ का टुकड़ा उसकी बांह से टूटकर अलग लटक रहा था। एक पीड़ा में एकता ने दोनों आंखें बन्द कर लीं।

आंखें बन्द थीं इसलिए एकता ने देखा नहीं सिर्फ महसूस किया कि उसकी गर्दन के पास कुछ भारी-सा छू रहा था—भारी-सा भी और गीला-सा भी। चौंककर उसने आंखें खोलीं। मि० शर्मा के होंठ एकता की गर्दन के पास झुके हुए थे। एकता दरवाज़े के पास थी, दरवाज़ा सिर्फ भिड़का हुआ था, हाथ लगाते ही खुल गया, और एकता कैबिन से बाहर आ गई।

सीढ़ियां उतरती को लगा कि उसके पीछे तेज़ कदमों से कोई आ रहा था, पर सीढ़ियां बिल्कुल सूनी नहीं थीं, एक चपरासी हाथ में कुछ फाइल लेकर नीचे से आ रहा था। एकता बड़े संभले हुए कदमों से सीढ़ियां उतरती गईं। पीछे से मि० शर्मा ने आवाज़ नहीं दी। नीचे पोर्च में पहुंचकर मि० शर्मा ने एकता के पास होकर कहा, "एक बार फिर सोच लेना एकताजी, यह खादिम आपका इन्तज़ार करेगा। आगे भी कई साल करता रहा है, अब भी करता रहेगा—"

सड़क पर से जाती टैक्सी को एकता ने हाथ दिया, टैक्सी खड़ी हो गई। "मैरिन ड्राइव," एकता ने कहा और टैक्सी में बैठती को लगा—इस शहर ने एक नहीं उसके सपनों को बहुत से मज़ाक करने के लिए उसे खत लिखकर बुलाया था—

प्रिया के पास पहुंची तो एकता हंस रही थी, "नौकरी मिल गई?" प्रिया ने एक उत्साह में पूछा, जवाब का इन्तज़ार नहीं किया, और कहने लगी, "मैं तुम्हें अलहदा फ्लैट-व्लैट नहीं लेने दूंगी, मेरे पास तीन कमरों का फ्लैट है, एक कमरा तेरा, कौन-सा कमरा लेगी? मुझे पता है, तू यह सामने वाला कमरा चुनेगी जिसमें से सागर दिखता है।"

"पर सागर को दूर से देखकर तो डूबा नहीं जा सकता, डूबने के लिए उसके पास जाना पड़ेगा।"

"क्या मतलब?"

"मतलब देखने के लिए डिक्शनरी देखनी पड़ती है, यह तूने क्या अपनी अलमारी में पुरानी डिक्शनरी रखी हुई है, मैं आज एक नई डिक्शनरी देखकर आई हूं। पुरानी डिक्शनरी में अर्थ भी पुराने होते हैं, पर नई डिक्शनरी में......"

"मसलन?"

"मसलन डाइरेक्टर का अर्थ अब हो गया है मिस्ट्रेस...."

"डाइरेक्टर?"

"भई, आज मुझे सिर्फ एक हज़ार रुपए की नौकरी ही आफर नहीं हुई, यह आफर भी हुई है कि मैं कम्पनी की डाइरेक्टर बनूं। समझ गई?"

"हां, समझ गई।" प्रिया ने एक गहरा सांस लिया।

"फिर मैंने डिक्शनरी देखी, सामने ही पड़ी थी, मि० शर्मा खुली हुई डिक्शनरी की तरह थे, उसीमें मैंने देखा कि डाइरेक्टर के अर्थ होते हैं मिस्ट्रेस—सो मैं सबक याद करने के लिए वापिस आ गई हूं, आफर अभी भी कायम है, अगर मुझे सबक याद हो गया तो..."

"यह सबक न तेरे से याद हुआ......" प्रिया ने अपने सांस को एक कड़वे घूंट की तरह अपने अन्दर लंघा लिया और एकता से पूछने लगी, "तेरे लिए चाय का प्याला लाऊं?"

"लोग ग़म को गलत करने के लिए चाय नहीं पीते, शराब पीते हैं, वह पीनी चाहिए।" एकता ने कहा, फिर अपना निचला होंठ अपने दांतों में लेकर कहने लगी, "वह भी पी लेती पर उससे भी गम गलत ही होता है, ठीक नहीं होता। ठीक करने के लिए शायद बना ही कुछ नहीं..."

8

प्रिया के कमरे की एक खिड़की में बूगनबेलिया की एक बेल फैली हुई थी। निचली मंज़िल के छज्जे पर एक बड़ा गमला रखकर प्रिया ने यह बेल लगाई थी और अपनी खिड़की के सनशेड से रस्सी बांधकर उसने इस बेल की

लम्बी टहनियों को सहारा दिया हुआ था। खिड़की से झांककर अगर नीचे की ओर न देखा जाए तो खिड़की में खड़े एक रोमांच होता था—हरे पत्तों की पतली टहनियां और उनके सिल्की बैंगनी रंग के फूल दिखते थे, पर यह पता नहीं चलता था कि वह कहां से आए थे, किस ओर जा रहे थे। खिड़की के आगे उनका एक खेमा-सा पड़ा दिखता था।

कुछ मोटी टहनियों के बीच किसी चिड़िया ने तिनके जोड़कर एक घोंसला बना लिया था। शाम ढले जब समुद्री हवा चलती थी, टहनियां झूलती थीं। टहनियों के बीच पड़ा घोंसला भी झूल जाता था—गिरता-डोलता नहीं था, सिर्फ झूलता था।

अण्डों में से छोटे-छोटे बच्चे निकल आए थे। बहुत छोटे थे—अभी उड़ने के लिए पंख नहीं खोलते थे, सिर्फ उनकी हल्की-सी चहक उनके अस्तित्व का सबूत देती थी।

"इन्सान का मन क्या होता है, एकी? उड़ता-फिरता बेगानी टहनियों में घोंसला डाल लेता है, टहनियों से पूछता नहीं, बस उनका सहारा ले लेता है। चिड़िया के बच्चे चार दिनों के लिए पंखों के मोहताज होते हैं—पर खयाल सारी उमर ही पंखों के मोहताज रहते हैं।" प्रिया ने अपना फिकरा काटकर अपना निचला होंठ अपने दांतों में ले लिया।

"निखिल तुम्हें बहुत याद आता है?" एकता ने धीरे से कहा।

"उसका मैंने देखा ही क्या था जो याद आएगा। कुछ याद नहीं आता। पर यही शायद मेरी अजीब हालत है। कोई धागा सामने नहीं कि उसका सिरा पकड़ सकें, फिर भी ऐसे लगता है जैसे सब कुछ उलझ गया हो। बिना किसी तार धागे के ही—सब कुछ उलझ गया हो।"

"मन में यह खिला-सा जब आ जाता है—"

"तुझे एक बात बताऊं—मैंने पिछले दिनों निखिल को देखा था, सिर्फ देखा था, पहचाना नहीं था, मेरा मतलब है..."

"मेरे मन में पड़ी हुई परछाईं से वह मिलता नहीं था—जैसे परछाईं उसकी होते हुए भी उसकी न हो—"

सूखे आंसुओं से अगर किसी की आंखें भर सकती हैं तो प्रिया की आंखें भर आईं। ओंठ एक कसे हुए तार की तरह कांप गए, और वह कहने लगी, "उसे देखा—अचानक एक पार्टी में मुलाकात हो गई थी—ए बिग फैट सक्सेसफुल मैन आफ द वर्ल्ड।"

"तेरी जगह मैं होती, सोचती, मन पर से बरसों का पड़ा हुआ बोझ उतर गया।" एकता हंस-सी पड़ी।

प्रिया भी हंस दी, पर होंठों से, मन से नहीं। कहने लगी, "लगा मुझे भी इसी तरह था। कन्धों पर बरसों से जो कुछ उठाया हुआ था, लगा, उससे सुर्खरू हो गई थी। बड़ी हल्की-सी। पर फिर अगले दिन, उससे अगले दिन किसी चीज़ के खो जाने का बड़ा अहसास हुआ...बोझ से भी शायद लगाव हो जाता है-वह अपना लगने लगता है—उठाए-उठाए इन्सान थक जाता है, पर उतारकर बैराग जाता है..."

एकता के कन्धों ने हल्का-सा दीवार का सहारा ले लिया—एक अजीब थकावट में। यह वही थकावट थी जो जिस्म की नहीं होती, सिर्फ मन की होती है, पर मन से उठती झरती सारे अंगों में उतर जाती हैं।

"एकी, तू किस तरह सोचती है?"

"यह सब मुझे उस धरती की पीड़ा जैसा लगता है, जो बहुत ज़रखेज़ हो सकती हो, पर जिसे—जिसे बिल्कुल बंजर होना पड़ जाए। इस तरह होना शायद धरती के हिस्से नहीं आया, पर औरत के हिस्से आया है—कुछ इस तरह, जैसे एक चीज़ का भीतर ज़रखेज़ हो, बाहर बंजर..." एकता ने कहा पर फिर एक बहाव में पड़े खयालों को थाम लिया। अपने आप पर कमाए संयम में से यह एकता ने आदत की तरह बना लिया था—खयालों को वह बहुत देर तक एक ही ओर नहीं बहने देती थी, खासकर जब वह किसी भी बात को किसी के सामने कह रही हो—वह अपने आपको बहुत भावुक होने से अक्सर बचा जाती थी। खिड़की की ओर देखती और बुगनबेलिया की टहनियों में झूलते चिड़ियों के घोंसले को देखती प्रिया से पूछने लगी—

"तेरे बच्चों का क्या हाल है, मुझे बहुत देर हो गई है उन्हें देखे हुए। एक बार तूने मुझे उनकी तस्वीर भेजी थी, उसमें काफी बड़े लगते थे।"

"बड़ी विक्की बड़ौदा कालेज में पढ़ती है, छोटा सरजू मसूरी स्कूल में। सिर्फ छुट्टियों में यहां आते हैं—कभी सोचती हूं वह अगर दोनों यहां घर में रहते, यहीं पढ़ते, मेरा बक्त कट जाता। पर उनके बाप को यह पसन्द नहीं—छोटा कभी वहां उदास हो जाता है, पर विक्की अपने होस्टल में बड़ी खुश है। मेरा जी करता है कभी तू विक्की को देखे—बड़ी खबसूरत निकली है, छमक-सी। छोटी थी तो बड़ी कमज़ोर और सांवली-सी थी, पर अब इतनी प्यारी निकली है..."।

"उसे छुट्टियों में कुछ दिन मेरे पास भेज देना।"

"कई बार मैं उससे तेरी बातें करती हूं, कहती थी मैं कभी एकता आंटी के पास जाकर ज़रूर रहूंगी।"

यह विक्की प्रिया के खाविंद के पहले ब्याह से बेटी थी। प्रिया का जब ब्याह हुआ विक्की कोई छः बरस की थी, पर प्रिया को सचमुच यह कभी खयाल नहीं आया था कि विक्की किसी तरह भी उसकी कम अपनी थी। छोटा सरजू जब पैदा हुआ, चाहे वह प्रिया की अपनी कोख से होनेवाला पहला बच्चा था, पर उसे यही लगा था जैसे वह उसका दूसरा बच्चा था।

"विक्की को देखती हूं मुझे बिल्कुल अपने कालेज के दिन याद आ जाते हैं—उसकी आंखें भी पता नहीं कहां, भविष्य के सपनों मैं उतरी हुई—वर्तमान को जैसे देखती ही नहीं—वैसे दस-पंद्रह साल में कितना फ़र्क पड़ गया है एकी! उसे देखकर लगता है जैसे तू मैं भी पिछली सदी की हैं—वैसे उसकी ओर देखकर मुझे बहुत अच्छा लगता है—लगता है यह लड़कियां हमसे बहुत आगे होंगी—बोल्ड एण्ड स्ट्रौंग।"

"अगर ताकत सिर्फ बाहर से नहीं भीतर से आए।"

"एकी तेरा खयाल है यह जो दिखती और बढ़ती स्वतन्त्रता है—"

मेरा ख्याल है यह सिर्फ बाहर से एक तबदीली आई है, भीतर से अभी

नहीं, वैसे यह भीतर से लाने के लिए ही एक तरह की स्ट्रगिल है, अभी इसमें टूटेगा ज्यादा, कुछ बनेगा कम...”

“मैं सिर्फ एक बात से इसे सोचती हूं कि यह लड़कियां हमारी तरह—तेरी तरह तो शायद नहीं, तू मेरे से बहुत तगड़ी है—पर मेरी तरह निहत्थी-सी नहीं होंगी। एक कुछ टूट जाएगा तो दूसरा कुछ जोड़ने के लिए हिम्मत करेंगी। एक ही जगह खड़े होकर एक ही तरह के सांस लेते जाना...यह शायद नहीं करेंगी...”

“यह नही करेंगी पर तो भी कहां पहुंचेंगी या कहां ठहरेंगी... कहीं पहुंचने के लिए कोई रास्ता चाहिए, कहीं ठहरने के लिए कोई ठिकाना। कीमतों को तोड़ना इतना मुश्किल नहीं पर उनकी जगह नई कीमतों को जोड़ना बहुत मुश्किल है...और यह जोड़ना एक से नहीं होता, यह इर्द-गिर्द में कुछ जुड़ना होता है, और वही तो अभी हैं नहीं।”

“यह शायद अपने इर्द-गिर्द को भी कुछ बदलेंगी।”

“हो सकने में और हो जाने में बड़ा फर्क होता है प्रिया, वही फर्क मिटता नहीं। इसी फर्क को न मिटाने में बहुतों की दिलचस्पी है, इसीलिए यह मिटता नहीं। कुछ भी करने और बनने से पहले आर्थिक तौर पर कुछ होना पड़ता है—उसके लिए फेयर मीन्स कहां हैं?”

“जहां भी किसी को वास्ता पड़ेगा वहीं कोई न कोई पी० एल० शर्मा होगा।”

“और इस हालत में किसी के लिए भी एक ही रास्ता रह जाएगा—टूट जाना। चुपचाप एक ओर खड़े टूट जाना, या इस सब कुछ का हिस्सा बनकर उसके साथ मिलकर टूट जाना। टूटना हर तरह पड़ेगा। ठीक मायनों में इस ज़िन्दगी का कुछ कर सकना उस फिकरे की तरह है जो आगे चलने से पहले ही खत्म हो जाता है।”

“तू अपने लिए क्या सोचती है, एकी? कोई कम्प्रोमाइज़ तेरे से नहीं होगा।”

“चुपचाप एक ओर खड़ी हो गई हूं, जितनी देर खड़ी रह सकूंगी,

रहूंगी, फिर इससे पहले कि किसी के हाथों टूटना पड़े, अपने हाथों को ही कुछ कह लूंगी—"

"एकी—तू मेरे साथ इकरार कर तू कभी भी सूसाइ..."

"मैं जीना चाहती हूं प्रिया, करार तब करूं जब मैं खुद जीना न चाहूं। जब तक हो सकेगा जरूर जीऊंगी। अरी, जो कोई वह मिल जाएगा, जिसे देखकर और जीने को जी चाहे, तो उससे इश्क भी करूंगी।"

एकता हंस रही थी, प्रिया ने कुछ झटककर कहा, "तू कुछ नहीं करेगी, मुझे पता है तू इश्क-विश्क कुछ नहीं करेगी।"

"तेरा मतलब है मुझे वह कोई मिलेगा ही नहीं?"

"वह कोई हमारे सपनों में ही होते हैं। अभी तक तो मैंने कहीं देखे नहीं।"

"फिर भई अगर वह कोई है ही नहीं तो मैं क्या कर सकती हूं।"

दोनों बातें कर रही थीं, दरवाज़े की घंटी बजी। प्रिया ने जब दरवाज़ा खोला, उसकी बेटी विक्की ने हाथ का पर्स भीतर कुर्सी पर रखकर उसके गले में बांहें डाल दीं, "मम्मी को सर्प्राइज़ दे दिया।"

"अरी विक्की, तू कैसे?"

"होस्टल से भाग आई हूं।"

"सच बता।"

"मुझे कालेज से निकाल दिया है।"

"यह निकाली हुई की शक्ल है?"

प्रिया ने प्यार से विक्की की गाल चूम ली। विक्की ने काली ज़ीन और हरा ब्लाऊज़ पहना हुआ था, जिससे उसका कद और भी लम्बा लग रहा था और उसका मुंह और भी चुस्त।

"मम्मी को सर्प्राइज़ दे दिया, मुझे पता था मम्मी घबरा जाएंगी।"

"यों तो मैं खुश हूं, तू आ गई, तेरी एकता आंटी आई हैं, अभी मैं उसके साथ तेरीं बातें कर रही थी।"

"एकता आंटी आई हैं, मज़ा आ गया।"

एकता ने आगे होकर विक्की को बांहों में ले लिया, "तू सच कहती थी प्रिया कि विक्की बहुत खूबसूरत निकली है।"

"सच आंटी। मम्मी ने यह बात कही थी? मुझे तो मम्मी हमेशा यह कहती हैं कि एकता आंटी बहुत खूबसूरत है, तू उसके मुकाबले में कुछ भी नहीं। आंटी मैं आपसे मुकाबला नहीं कर सकती, यह ठीक है, पर अब कुछ तो अच्छी लगने लगी हूं।"

"यू आर रियली ब्यूटीफुल!"

"सुन ले मम्मी, एकता आंटी क्या कह रही हैं, तू मुझे सिर्फ क्वाइट प्रिटी कहती है।"

"एकता आंटी तुझे फ्लैटर कर रही हैं।" प्रिया हंस पड़ी।

"आज मम्मी तूझे चिढ़ा रही है कि तुझे नज़र न लग जाए, पर मन में बड़ी खुश है," पास से एकता ने कहा।

"सच? अच्छा आंटी! मम्मी ने मेरी और कितनी चुगलियां की हैं?"

"बहुत की हैं, ठहर कर बताऊंगी। पहले यह बता कि तूने यह सर्प्राइज कैसे दे दिया?"

"सर्प्राइज तो मुझे मिल गया आंटी, आपको देखकर। मैं जब भी मम्मी के पास आती हूं, सारी छुट्टियों में मम्मी बस आपकी बातें करती रहती हैं—मैं तो सोचती थी कि यह कोई आंटी नहीं होंगी—अंकल होगा—मम्मी का बॉय फ्रैंड।"

"देख एकी।" प्रिया हंस पड़ी, "अब यह लडकियां मां को मज़ाक करने लगीं।" और प्रिया ने हौले से विक्की को झकझोरा। "हमारी बारी तो जो गुजरनी थी, गुजर गई, अब तुम्हारी बारी है बेटी।"

"अच्छा माताजी, अब हमारी बारी ही सही। आपका आशीर्वाद चाहिए। विक्की ने इन लफ्जों को ऐसे अन्दाज़ में कहा कि प्रिया हंसते-हंसते दोहरी हो गई। और आशीर्वाद के अन्दाज़ में उसने विक्की के सर पर हाथ रखा।

"आंटी, आप भी आशीर्वाद दीजिए।" नहीं, इस तरह नहीं, मुझे कहना चाहिए—माता समान मासीजी....." यह बोल, हंसकर दोहरी होती

विक्की के मुंह में थे, एकता ने प्यार से उसे गले लगा लिया। मन में आया—अगर चढ़ती जवानी की यह चहक, इन बेचारी लड़कियों की, हमेशा जीती रह सके—पर एकता ने कहा कुछ नहीं।

"मम्मी, मैं सिर्फ दो घंटे यहां रह सकती हूं, कालेज के ग्रुप के साथ आई हूं एजन्ता एलोरा देखकर। ग्रुप की इंचार्ज टीचर से बहुत मुश्किल से इजाज़त ली है यहां उतरने की। हमारी बस दो घंटे बाद फिर यहां से गुज़रेगी, हार्न देगी और मैं चली जाऊंगी। हमें आज रात वापिस बड़ौदा अपने होस्टल में पहुंचना है। जल्दी से कुछ खिला दो, बड़ी भूख लगी है।" विक्की ने कहा। प्रिया रसोई में चली गई, और विक्की एकता के साथ दीवान पर बैठ गई।

"तुझे छुट्टियां कब होंगी? इस बार छुट्टियों में मेरे पास मह्रू आना, जितने दिन तेरा जी जाहे।"

"आंटी, अकेली आऊं कि किसी फ्रेंड को भी साथ ले आऊं?"

"जिसे तेरा जी करे ले आना, तब सरजू भी यहां होगा छुट्टियों में, उसे भी लाना।"

"सरजू को नहीं, वह छोटा है, ज़रा-सा घूमने के लिए जाओ तो वह थक जाता है। वह यहीं मम्मी के पास रहेगा।"

"इन छुट्टियों में मैंने और एक फ्रेंड को खूब घूमना है—आई मीन ए बॉय फ्रैंड। आंटी, इस साल मेरा एक बॉय फ्रैंड बना है—कमाल है।" विक्की की आवाज़ ज़रा-सी झेंप भी गई पर चहक भी उठी।

"बॉय फ्रैंड कमाल ही होते हैं, सबको कमाल लगते हैं।" एकता खिलकर हंस दी।

नहीं आंटी, वहां और लड़कियों के भी बॉय फ्रैंड हैं, किसी से बात करने को जी नहीं चाहता, बहुत साधारण से। पर वह कीट्स...वैसे उसका नाम कीर्ति है, सब उसे कीट्स बुलाते हैं।"

"और तुझे मज़ाक से फैनी नहीं बुलाते?"

"आंटी, मम्मी को नहीं बताना, उसके सारे दोस्त मुझे फैनी बुलाते हैं। अच्छा, अगर मम्मी को बताना हो तो मेरे सामने नहीं। मेरे जाने के बाद बता

देना। वहां मुझे कोई विक्की नहीं बुलाता, सब फैनी बुलाते हैं...”

“कीर्ति बहुत अच्छा लड़का है? आई मीन यूअर कीट्स....”

“सिम्प्ली वंडरफल आंटी।”

एक उम्र होती है, जिसकी हर घड़ी जादू की गांठ की तरह खुलती लगती हैं—या फूल की एक-एक पत्ती की तरह खिलती। यह उम्र जब भी जिस पर आती है, अपने भीतर से उठती गंध से वह महक-महक जाता है। विक्की भी महक रही थी।

सब कुछ संभाला नहीं जाता था, उसको एकता के साथ बांटती, कहने लगी, “मेरा और उसका एक साल का कान्ट्रैक्ट है दोस्ती का। उसने मुझे बताया था कि वह कभी ब्याह नहीं करेगा। किसी के साथ भी नहीं—कालेज की पढ़ाई खत्म करके वह अमरीका चला जाएगा आगे पढ़ने के लिए। अगर जा सकी तो मैं भी जाऊंगी, आगे पढ़ने के लिए। अभी हम एक साल दोस्त रहेंगे। फिर एक साल के बाद अगर जी में आएगा तो कान्ट्रैक्ट रिन्यू कर लेंगे, नहीं तो नहीं। बड़ी फेयर गेम है न आंटी?”

“हां, फेयर है, पर विक्की सच बता, भीतर से तेरा जी चाहता है उसके साथ ब्याह करने को?”

विक्की कुछ देर चुप रही—इस तरह नहीं जिस तरह वह बताना चाहती हो पर बता न रही हो, सिर्फ इस तरह, जिस तरह यही बात वह अभी अपने आप से पूछ रही हो। फिर कहने लगी, “आंटी, पता नहीं, अभी मैं इस बात को सोचती नहीं, वैसे एक दिन एक मेरी सहेली को उसके बॉय फ्रेंड ने कोई प्रेज़ैंट दिया था, उस दिन कीर्ति ने मुझे कहा था कि वह मुझे कभी कुछ नहीं देगा। उस दिन वह एक सिगरेट पी रहा था और एक नज़्म पढ़ रहा था—सिगरेट के धुएं का एक रिंग-सा बनाकर कहने लगा—‘यह मेरा प्रेज़ैंट है—इंगेज़मैंट रिंग—तू पहन सकती है?’

“मैंने अपनी अंगुली धुएं के उस छल्ले में डाल दी।” विक्की ने बात सुनाई, एकता की ओर देखा, फिर अपने हाथ की ओर देखने लग गई—

शायद उस अंगुली की ओर जिसमें उसने धुएं की अंगूठी पहनी थी।

एकता ने कहा कुछ नहीं, सिर्फ विक्की का हाथ अपने हाथ में ले लिया—छोटा—कोमल और ज़िन्दगी के सपनों को पकड़ने के लिए बहुत उतावला।

विक्की कुछ खाकर और कुछ सहेलियों के लिए साथ लेकर जब चली गई, एकता ने प्रिया के चेहरे पर कुछ तसल्ली-सी देखी। विक्की के लिए चाव से भरी हुई प्रिया उसे बहुत अच्छी लगी, कहने लगी, "एक तेरा यह पहलू मुझे बहुत अच्छा लगता है प्रिया; तुझे सचमुच विक्की में और छोटे सरजू में कोई फर्क नहीं लगा?"

"यह मुझे सचमुच कभी नहीं लगा।" प्रिया हंस पड़ी, "बल्कि वकील साहब कभी मुझे छेड़ते हैं—विक्की तेरी सगी बेटी है, पर मैं तेरा सौतेला खाविंद हूं।" और फिर वह हंसती-हंसती गम्भीर हो गई, "तूने मेरा अच्छा पहलू भी देखा है एकी—मेरा एक पहलू बहुत ही बुरा है, तूने वह नहीं देखा। मुझे अपने को भी वह अच्छा नहीं लगता, पता नहीं मुझे क्या हो जाता है—सबके साथ अच्छी हूं, पराए से पराए के साथ भी, पर वकील साहब के साथ मैं राह जाते खीझ उठती हूं, जो कुछ ज़िन्दगी में नहीं पाया, उनका क्या कसूर...वह भी सारी कसर मेरे पर ही निकालते हैं। सबके साथ इतना प्यारा बोलते हैं पर जो कुछ भी उनका रूखा है—सिर्फ मेरे लिए। बहुत कमाते हैं, इतना खुला पैसा है, पर अगर मेरे लिए कुछ खर्च करना हो—एक-एक पैसा गिनते हैं। इन्सान ख्वाहमख्वाह खीझ उठता है। हम दोनों ही शायद एक दूसरे के लिए गलत हैं, और एक-दूसरे पर सारा गुस्सा निकालते हैं...वैसे अपनी जगह न उनका कसूर है न मेरा। एक-दूसरे को देखते ही हम सिकुड़ जाते हैं—एक मीननैस आ जाती है दोनों में—वैसे यह न उनमें है न मेरे में—पर एक-दूसरे को देखते ही आ जाती है—यह क्या चीज़ है, एकता?"

एकता ने गहरा सांस लिया, कितनी देर चुप रही, फिर कहने लगी—"यही एक फर्क है जो पकड़ में नहीं आता, किसी को समझाकर बताया भी नहीं जा सकता। वही इन्सान जो बहुत कुछ हो सकता था, किसी ठीक से

मिलकर, जाने क्या कुछ हो सकता था, वही कुछ नहीं होता। बस सिकुड़कर गुच्छा-सा होकर रह जाता है। और दूसरा, जो उसके लिए ठीक नहीं, जाने और किसी के लिए कितना ठीक होता—किसी और मौसम के फूल जैसे किसी और मौसम में कोई बो दे...”

“पर एक बार यह बोए जाएं, फिर न मौसम बदला जा सकता है न ज़मीन,” प्रिया की आंखें गीली हो गईं और उसके होंठों पर उसकी आवाज़ कांप गई, “पर फूल तो अकारथ चले गए इस दुनिया से।...”

9

पिछले कई सालों से एकता महसूस कर रही थी कि वह जब भी किसी के साथ होती थी, किसी एक के या कुछ लोगों के साथ, उसका अकेलापन बहुत बढ़ जाता था। यह कुछ कम होता था तो सिर्फ उस वक्त जिस वक्त उसके पास कोई नहीं होता था।

वह होती थी, उसके साथ में हल्की-सी आग का अहसास होता था, और बस। सिगरेट पीने की एकता को आदत नहीं थी, पर कभी अकेले में वह सिगरेट पी लेती थी। सिगरेट के धुएं में उसके मन का कुछ धुआं मिलकर उसके भीतर और उसके गिर्द, एक महक सी बन जाता था। इस महक से उसकी पहचान ही शायद उसके अकेलेपन को अकेलापन नहीं रहने देती थी।

एकता को बम्बई से महू आए छः दिन हो गए थे, पर बम्बई में बिखरी हुई उसकी नींद अभी भी रात को गड़ने में नहीं आ रही थी—आज भी रात पतली से गाढ़ी हो गई थी पर एकता को नींद नहीं आई। उसने एक नहीं, कितने ही सिगरेट पिए, और अपनी पहचानी हुई महक में से कितने ही गहरे सांस लेकर बीते हुए बरसों को सोचती रही। एक-एक घड़ी की एक-एक परत को उठाती रही और उसकी गहराई में देखती रही—रघु सभी परतों में मौजूद था पर एक अजनबी की तरह।

'और उस किताब की तरह,' एकता को खयाल आया, 'जो किताब किसी को इम्तहान देने के लिए जरूर पढ़नी हो, पढ़ी हो, बार-बार उसमें सवाल ढूंढ़े हों, जवाब दिए हों, फिकरे मुंहज़वानी याद किए हों और फिर इम्तहान दे लेने के बाद वह किताब उसके लिए बिल्कुल किसी ज़रूरत की न रही हो—

'स्कूल कालेज का नहीं मैंने ज़िन्दगी का इम्तहान देने के लिए इस रघु को पढ़ा था उस आखिरी सफे तक, जिससे आगे फिर जिल्द का गत्ता आ जाता है—अब इम्तहान खत्म हो गया है, मेरे लिए उस किताब को फिर से पढ़ने का सिलसिला भी चुक गया है—एकता सोचती रही और उसे दुखी हुई हंसी आ गई—'इम्तहान मैं पास हुई हूं या नहीं, इस बात का किताब से कोई ताल्लुक नहीं,' और एकता के खयाल चींटियों की कतार की तरह उसके मन की दीवार पर चढ़ते गए, 'सही अर्थों में यह पासवाला लफ्ज़ पता नहीं किसी को नसीब होता है या नहीं। जो लोग इस लफ्ज़ की सनद को हासिल किए दिखते हैं, कौन कह सकता है कि उन्होंने यह सनद एक जाली सनद की तरह नहीं बनाई हुई ..'

असली और जाली सनद के भेद को सोचती एकता सोई उनींदी-सी हो गई। इस सोई उनींदी हालत में उसे लगा—हरी उसके पास खड़ा था।

"पत्थर जैसा मुंह बनाकर तू इस तरह चुप का चुप क्यों खड़ा रहता है?" एकता हंस-सी पड़ी थी और हरी से पूछ रही थी।

"अच्छा भाभी, मैं पत्थर ही सही, पत्थर भी तो किसी काम आते हैं।" हरी के होंठ हौले से हिले।

"हां, पत्थर काम आते हैं माथा फोड़ने के।"

"तेरा माथा तो टूटता नहीं, मैं माथा भी अपना ही तोड़ लूंगा।"

"यह फिलासफी तेरे किस काम आएगी हरी? पत्थर भी अपना, और माथा भी अपना।"

"यह मेरी फिलासफी मेरे काम नहीं आएगी भाभी, पर एक बात मैं तुम्हें बता दूं कि तेरी फिलासफी भी अन्दर से यही है। यह तेरे भी किसी काम नहीं आएगी—"

"मेरी फिलासफी?"

"रघु तुम्हें प्यार नहीं करता। तेरा भी मेरे जैसा हाल है। आखिर में पत्थर भी तेरा रह जाएगा, और माथा भी तेरा।"

"हरी!"

"आज तू मेरी बात का गुस्सा करती है, पर कभी बरसों के बाद सोचेगी..."

"मैं सच बताऊं हरी, सोचती मैं अब भी हूं पर मैं यह मानना नहीं चाहती कि मैं यह सोचती हूं। तू इसमें मेरी मदद क्यों नहीं करता?"

"क्या मदद करूं?"

"जितना हो सके तू मुझसे दूर रहा कर...कभी-कभी तू मुझे एक शीशे की तरह लगता है, मैं तुझे सच बताऊं, मैं अभी शीशे में नहीं देखना चाहती—मैं सचमुच रघु से प्यार करती हैं, और अभी मैं यह भुलावा खाए जाना चाहती हूं कि रघु भी मुझे प्यार करता है—तेरी तरफ देखकर मेरा यह भुलावा टिकता नहीं, इसीलिए..."

"इसीलिए तू मेरी तरफ देखना नहीं चाहती। मैं कहीं वहां चला जाऊं जहां से—"

"मैंने यह नहीं कहा कि तू वहां चला जा जहां से तेरी खबर न आए, पर तू कुछ दूर ज़रूर चला जा। तेरी खबर आए, पर तू..."

"मैं न आऊं। अच्छा भाभी! पर एक बात तुझे बता दूं—"मैं तेरे से दूर जाकर बहुत दिन जीता नहीं रह सकूंगा..."

एकता कांप-सी गई पर उसने हरी को कुछ नहीं कहा। हरी चला गया। पता नहीं कहां। पर एकता के बदन से वह सिहरन नहीं गई। इसी सिहरन से एकता की सोई उनींदी सी हालत चौंककर बड़ी सचेत आंखोंवाली हालत बन गई।

अभी एकता ने वह घड़ी अपने सामने देखी थी जो आज से पांच साल पहले उसने भुगती थी। पिछले पांच सालों में उसे पता नहीं था कि हरी कहां है। कभी उड़ती खबर की तरह भी उसने कुछ नहीं सुना था। जाने से पहले

वह बहुत शराब पीने लग गया था, पर उसके बाद बिल्कुल पता नहीं कि उसने शराब कम की थी या और बढ़ा ली थी, उसका बीमार दिखता मुंह कुछ राज़ी हो गया था या और बीमार हो गया था।

'अच्छा भाभी, पर एक बात तुझे बता दूं कि तेरे ले दूर जाकर मैं बहुत दिन जीता नहीं रह सकूंगा।' हरी के यह लफ्ज़ जब भी एकता को याद आ जाते, उसके भीतर से कुछ खसोट कर ले जाते थे, पर आज उसे जब यह लफ्ज़ याद आए, उसे लगा—उसके अन्दर बहुत गहरा कुछ टूट गया था।

'पत्थर जैसा मुंह बनाकर तू इस तरह चुप का चुप क्यों खड़ा रहता है?' एकता के अपने कहे हुए लफ्ज़ ही आज उसके भीतर उसे चोट करते लग रहे थे। लफ्ज़ों के साथ हरी का पत्थर जैसा मुंह भी चोट करता लग रहा था, और उसके भीतर बहुत गहरी दरारें पड़ रही थीं...

पता नहीं किस वक्त एकता को नींद आ गई। उसे एक अजीब सपना पाया कि उसके सामने जितना भी अन्धेरा था वह एक बहुत बड़े फोड़े की तरह था—उभरा हुआ—कसा हुआ, और बड़ा सख्त। उसे हाथ नहीं लगाया जा सकता था—जैसे हाथ लगाते ही उसमें से चीखें निकल पड़ेंगी। एकता अंधेरे में खड़ी थी पर तो भी सामने दिखते अंधेरे से परे थी। वह सामने दिखता अंधेरा जैसे समूचे अंधेरे से बिल्कुल अलग था—

कुछ सफेद-सा एकता को दिखाई दिया, सफेद-सा और गोल-सा। पहले एक छोटी-सी बूंद जैसा, फिर कितनी ही बूंदों की तरह हौले-हौले रिसता। और एकता को लगा—अन्धेरे का पका हुआ फोड़ा फूट गया था—उसमें से बड़ी सफेद पीप निकल रही थी...

एकता कांप के जाग गई। कमरे में सुबह की रोशनी आ रही थी। खुली आंखों में पानी-सा भर आया—उस किसी का क्या बनेगा जिसे रात का अन्धेरा फोड़े की तरह लगे और सुबह की पहली रोशनी फोड़े में से रिसती पीप की तरह...

कमरे का दरवाज़ा खटका। एकता के भतीजे ने एक खत उसे दिया, "आंटी यह आपका खत अभी आया है, 'ऐक्सप्रेस'।" एकता ने पहले भतीजे

की ओर देखा—उसने स्कूल जानेवाले कपड़े पहने हुए थे। एकता को लगा उसे जागने में सचमुच बहुत देर हो गई थी, फिर उसने खत की ओर देखा—पहचाना—खत उसकी सहेली प्रिया का था! 'प्रिया को एक्सप्रेस डालने की क्या ज़रूरत पड़ गई?' एकता ने सोचा और अलसाई-सी खत खोलने लगी।

थोड़ी सी पंक्तियां थीं, पर देखते-देखते वह इतनी फैल गईं, एकता के पैरों की निचली सारी ज़मीन पर बिछ गईं। और एकता के पैरों ने कांपकर देखा कि उनके खड़े होने को कोई ज़मीन नहीं थी। लिखा हुआ था, "एकी, तू पता नहीं परेशान होगी कि नहीं, मैं बहुत परेशान हूं। आज, अभी मुझे पता चला है कि हरी को मरे चार बरस हो गए हैं। बदनसीब वह तेरे से दूर जाकर पूरा बरस भी जीता न रह सका..."

एकता ने खत से घबराकरआंखें बन्द कर लीं। सुबह की रोशनी बन्द आंखों से बाहर भी थी और भीतर भी—पर एक फोड़े में से रिसती सफेद पीप की तरह .....

10

एकता का भाई एकता के लिए जो कुछ सोचता था उसे पूछे बिना कभी नहीं सोचता या करता था। पर एक बात के लिए उसने एकता से नहीं पूछा, उसने कुछ कहा भी तो नहीं सुना।

बलगारिया में एक अन्तर्राष्ट्रीय औद्योगिक मेला हो रहा था, अरुण ने बम्बई की एक फर्म के साथ मिलकर, इस मेले में केन और जूट का माल भेजना था। एकता को अपनी फर्म का रिप्रेजेन्टेटिव बनाकर उसने एकता के सभी कागज़ तैयार कर लिए।

यह सब कुछ...एकता को एक परेशानी-सी हो रही थी।

"इस समय नहीं तो आते बरस तू मेरे काम को बहुत कुछ संभाल लेगी, एकी! मैं अपने काम की किसी और शहर में एक ब्रांच खोलना चाहता हूं, अभी पूरी तरह सोच नहीं सका कहां। पर उससे पहले तुझे तजुर्बा हो जाएगा।

वह मेरे लिए भी उतना ही फायदेमन्द होगा जितना तेरे लिए। पर इस वक्त तेरे इस जाने को मैं काम की खातिर इतना नहीं सोच रहा जितना तेरी खातिर। एक बार—चाहे कुछ दिनों के लिए—यह तेरा माहोल बदलना चाहिए—"

"पर अभी मुझे कोई तजुर्बा नहीं, वैसे जाने से पहले जितने दिन भी बाकी हैं, मैं पूरी कोशिश करूंगी मैं काम को समझ सकूं, पर फिर भी अगर मेरी जगह तू खुद जाए—"

"यह मैं समझता हूं एकी, पर मैं सोचता हूं कि तू..."

"सीधे लफ्ज़ों में तेरे इस सब कुछ को मैं एक अहसान..."

"एकी..." भाई कुछ चुप-सा हो गया, फिर हंसकर कहने लगा "आल राइट, एक सौगात समझ ले। अहसान जैसा लफ्ज़ कहने और सोचने के लिए एक बहुत बेगानगी चाहिए, मेरा खयाल है..."

"मैं बेगानगी वाली जगह खड़ी होकर यह नहीं सोच रही।"

"फिर इतना भारी लफ्ज़ तू अपने ऊपर क्यों लेती है?"

"अच्छा सौगात समझती हूं..."

फिर एकता ने और कुछ नहीं कहा, एक बार अपने हाथों की ओर देखा—जैसे इतनी बड़ी सौगात को लेने के लिए अपने हाथों को तैयार कर रही हो।

फिर एक बार उसने भाई के मुंह की ओर देखा— मुंह हमेशा की तरह चुप और प्यारा था, कभी बहुत कुछ कहता नहीं था, पूछता नहीं था, जितना कुछ जाना जा सकता था हमेशा इतना कुछ ही इतना जैसे उसके लिए काफी होता, पर तो भी एकता को लगा कि वह मुंह आगे से और चुप हो गया था—शायद बड़े भाई के रिश्ते से भी बड़ा हो गया था—

तलाक का लफ्ज़ अपने आप में किसी को किसीसे खोलकर स्वतन्त्र करता लगता है, पर यह जब जिससे भी खोलता है उसका ज़िक्र हमेशा अपने साथ लिए रहता है। जिक्र से यह खुद भी स्वतन्त्र नहीं हो सकता—दूसरे को भी स्वतन्त्र नहीं कर सकता। एकता को पिछले कई दिन से यह लग रहा था कि जो कुछ उसके गिर्द था, और उतर चुका था, उसका निशान

अब भी बाको था। उतरने वाली चीज़ ज़रूरी नहीं लोहे की हो, सोने की ज़ंजीर भी हो सकती है। एकता को चीज़ से कोई गिला नहीं था, सिर्फ उसकी जगह पड़ गए निशान को वो अपने में शामिल करके अभी नहीं देख सकी थी, अभी सब कुछ उसके लिए उस निशान की तरह था जिसे वह हाथ से छूकर देख सकती थी—मांस का उभरा हुआ हिस्सा, जो बदन के साथ लगा हुआ भी था, बदन से अलग भी।

'वाकिफ लोगोंकी तरह वाकिफ स्थान भी चुप नहीं रह सकते... ज़रूर कुछ न कुछ पूछते हैं, कुछ न कुछ बोलते हैं।' एकता के मन में एक रौशन-सी लकीर खिंच गई, 'यहां कई बार मेरा जी चाहता है मैं अकेली हो सकूं ...कोई किसी से अकेला हो सकता है, पर स्थान से अकेला कैले हो? यहां नहीं, पर वहां—कोई स्थान ऐसा नहीं होगा जो मेरा वाकिफ हो और मुझे ख्वामखाह कुछ पूछता रहे—वहां मैं सचमुच अकेली हो सकेंगी...' और एकता को लगा उसके भाई ने कहीं उसको भीतर से उसे समझ लिया था... और एकता ने अपने माथे पर आए हल्के से पसीने को हथेली से पोंछा—वह शायद पिछले दिनों में हुए बम्बई वाले हादसे को भी अपने खयालों से पोंछ रही थी......

लोगों और अजनबी स्थानों के बीच अक्सर एक सूनापन होता है, जिसे भरने के लिए लोग उन स्थानों का इतिहास पूछते हैं, फिर नए पुराने इतिहास का कोई सिरा वह अपने से जोड़ते हैं—और फिर इस सिरे से उस सिरे तक चलती बात अजनबी लोगों का अजनबी स्थानों से रिश्ता जोड़ देती है। पर यह सब कुछ एकता के लिए कभी भी ज़रूरी नहीं हुआ था—आज भी अपने जाने पहचाने देश से बाहर अजनबी देश में जाने के लिए एकता के वास्ते यह ज़रूरी नहीं था। हवाई जहाज़ में से दिखता बाहर का खिला एकता को कुछ अपना-सा लगा—वह जहाज़ के अन्दर बैठी हुईं भी अन्दर इतनी नहीं थी जितनी बाहर—अनेक बादलों में चलते एक टुकड़ा बादल की तरह।

खयालों ने भी गहरे बादलों का रूप धार लिया—बहुत से टुकड़े एकता को छूकर गुज़र गए—पर दो टुकड़े कितनी देर उसके दाएं-बाएं होकर उसके साथ चलते रहे—एक रघु का चेहरा था, एक हरी का।

आज से बारह साल पहले के चेहरे—जब रघु और हरी दोनों मैडिकल कालेज में पढ़ते थे। बड़े दोस्त थे। होस्टल के एक ही कमरे में रहते थे। एक दिन सुबह की चाय पीते हुए हरी ने घड़ी की ओर देखा था, और चाय का प्याला वहीं मेज़ पर छोड़कर वह उठ दिया था। रघु ने कारण पूछा था तो हरी ने ज़रा झिझककर उसे बताया था कि उस वक्त एक लड़की बाहर के मोड़ से गुज़रती अपने कालेज जाती है, पिछले दस दिनों से वह उस मोड़ पर खड़े होकर उस गुज़रती लड़की को देखता है, उसके साथ कोई बात नहीं करता, सिर्फ देखता है। रघु उस दिन हरी को मज़ाक करता रहा था, 'यू डैम... गो टु हैल..."

फिर...फिर...पता नहीं किस तरह हुआ रघु ने उस दिन हरी के लिए जिस चीज़ को हैल कहा था वह हमेशा के लिए हरी के वास्ते हैल बन गई। एकता हमेशा के लिए हरी के वास्ते हैल बन गई...

दोनों चेहरे इकट्ठे ही एक दिन एकता के वाकिफ हुए थे। एक चुपचाप था, ज़र्द था—दूसरा ब्राइट था, अग्रेसिव था। खूबसूरती दोनों में थी पर एकता उमर के जिस हिस्से से गुज़र रही थी वह आसानी से चुप को नहीं समझ सकता था, सिर्फ आवाज़ को समझ सकता था। रघु की आवाज़ ने उसे मोह लिया था—और फिर जो कुछ रघु के लिए हैवेन बन गया, हरी के लिए हैल...

एकता के लिए आई बारात में रघु घोड़ी पर चढ़ा हुआ था, हरी पैदल चल रहा था......रघु को मुबारकें मिल रही थीं, हरी के सिर्फ पास से गुज़र रही थीं—फिर रघु और एकता हनीमून मनाने के लिए नैनीताल चले गए, और हरी करनाल से आगे अपने बाप-दादा के गांव भागल चला गया जहां करनाल से 17 मील कच्ची सड़क पर इक्के में और 12 मील बैलगाड़ी में जाते हैं।

एक साल गुज़र गया, दो साल गुज़र गए—सुना हरी बीमार था। रघु ने चाहे एकता को हरी का सब कुछ खुद ही बताया था, हरी के साथ ईर्ष्या भी की थी, पर फिर उसकी पुरानी दोस्ती ने रघु के मन में एक कसक भर दी, और वह एकता को साथ लेकर हरी को उसके गांव से वापिस लाने के लिए चल दिया था। चुपचाप और पीले ज़र्द हरी को वो जब इक्के में बिठाकर लौट रहे थे एकता को 'चुप' के अर्थ पता चल गए थे...कच्ची सड़क पर बदन को हिचकोले लग रहे थे, हिचकोलों से टूटी एकता चुप की चुप हो गई...... हरी भी चुप था, एकता भी चुप थी, पर यह चुप, चुप में मिली हुई नहीं थी—दो टुकड़ों में टूटी हुई थी......

फिर और बरस....और बरस...हरी सिर्फ तब बोलता था जब कभी रघु एकता पर गुस्से हो उठता था। वह सिर्फ एक फिकरा बोलता था, "भाभी को रुलाया न कर, मुझसे देखा नहीं जाता।" दूसरा फिकरा वह कभी नहीं बोलता था......दूसरा फिकरा और फिर हर फिकरा सिर्फ उसकी मौजूदगी थी......मौजूदगी भी मिट गई...सब कुछ एक फिकरा बन के रह गया था—हवा की शक्ल में, जिसमें एकता सांस लेती थी—तब भी, अब भी। होंठ नहीं रहे थे, फिकरा अब भी हवा में मिला हुआ था—

एकता हवाई जहाज़ की खिड़की से बाहर देख रही थी—अपने आपको, जो सचमुच उस खिड़की से बाहर था......फिर बादलों के दोनों टुकड़े, जो बड़े गाढ़े होकर उसे छू रहे और उसके साथ चल रहे थे—दोनों चेहरे—अचानक पतले से होकर एक धुएं की तरह बिखर गए—रघु का चेहरा अजनबी होकर दूर एक ओर चला गया, और हरी का चेहरा जाने कहां.....कहीं नज़दीक कुछ नहीं था। सिर्फ एकता को यह लगा कि उसका अपना आप कुछ और गाढ़ा हो गया था—शायद हरी का चेहरा धुआं बनकर कहीं दूर नहीं गया था, उसके अपने में ही मिल गया था...एक पुरानी चुप, जो दो टुकड़ों में टूटी हुई थी, मिलकर एक हो गई थी...।

'जिन्दगी जिस चीज़ को एक नहीं कर सकती, वह सिर्फ मौत के हाथों एक होती है।' एकता का सांस उसके गले में अटक-सा गया।

छः घंटे एक लम्बे सांस की तरह थे। मास्को आ गया था। बलगारिया के लिए अगला जहाज़ दूसरे दिन मिलना था। आज की शाम और आज की रात एकता ने यहीं एयरपोर्ट पर रहना था। उसके पास इस देश का वीज़ा नहीं था, वह शहर में नहीं जा सकती थी। एयरपोर्टवालों ने उसे तीन कूपन दे दिए थे, जिनसे वह एयरपोर्ट के रेस्टोरेंट में तीन बार जो चाहे खा सकती थी।

सड़क के इस ओर एयरपोर्ट था, दूसरी ओर उसका होटल। कुछ टुकड़ा सड़क के इस पार था, कुछ उस पार, और जो उस बड़े अजनबी देश से टूटकर एकता के बैठने उठने और देखने की हद में आ गया था। एकता ने अपनी हद में आए हुए टुकड़े को अपनी नज़रों में समेटकर देखा......

—वह बहुत खूबसूरत था। इस ओर लोगों की चहल-पहल थी, उस ओर मास्को के घने जंगल थे। पेड़ों की ज़बान नहीं होती, लोगों की ज़बान उसे समझ नहीं आ सकती थी, इसलिए एक अजीब भरपूरता थी, एक अजीब अकेलापन। और एकता को लगा कि यह कुछ घड़ियां चाहे और भी कईयों के लिए थीं, तो भी सिर्फ उसके लिए थीं।

एयरपोर्ट की एक अंग्रेज़ी जानती लड़की ने एकता से कहा कि अगर उसे रेस्टोरेंट में जाकर कुछ कहने में दिक्कत हो तो वह उसकी मदद कर सकती है। पर एकता गैरज़बान की दिक्कत को भुगतना नहीं, जीना चाहती थी। उसने उस लड़की का शुक्रिया किया और सिर्फ यह पूछ लिया कि एक कूपन को खर्चने की हद कितनी थी?

"एक रूबल पांच कौपिक," एकता ने पूछ लिया और फिर अकेली रेस्टोरेंट में चली गई। यह एयरपोर्ट के ऊपरी हिस्से में था—यहां से बाहर शीश की खिड़कियों में से मास्को के जंगल दिखते थे—अपना बेगाना, जो हरएक के अनुसार, अपना बेगाना होता है, वह एकता के लिए कभी भी नहीं था, आज भी नहीं था। हर खूबसूरत जगह उसे अपनी लगती थी—चाहे वह अपने देश में हो, चाहे उससे बाहर।

इस वक्त घड़ी में शाम हो गई थी, रोशनी में शाम नहीं हुई थी। यह मई का महीना था—मास्को की गोरी चिट्टी रातों का महीना। सात बज गए थे, पर पेड़ों की ऊपरी टहनियां सूर्य की धूप में डूबी हुई थीं। एकता के हाथ उन तक नहीं पहुंच सकते थे—नज़र पहुंच सकती थी—नज़र ने हज़ारों पेड़ों को समेटकर उन्हें एकता के पास ला दिया—और एकता को लगा—वह उन्हें इस तरह देख रही और मिल रही थी—जैसे उन्हें देर से जानती थी।

एकता की साड़ी की ओर देखकर कुछ औरतों ने 'इंडिया?' एक लफ्ज़ कहा था, और फिर प्यार से मुस्करा दी थीं। एकता ने हंसकर उनका शुक्रिया कर दिया था, इससे अधिक अपनत्व हो नहीं सकता था।—बेगानगी महसूस करने का कारण कोई नहीं था—इसलिए एकता को एक अज़ीब सकून का अहसास हुआ, और एकता को खयाल आया कि इन्सान को या तो एक दूसरे को जानने के लिए बिल्कुल कोई ज़बान नहीं सीखनी चाहिए, और या बहुत अच्छी तरह और बहुत ज़्यादा सीख लेनी चाहिए। न जानने में भी कोई भुलावा नहीं होता, बहुत जानने में भी कोई भुलावा नहीं होता—पर जहां आकर सब कुछ गलत हो जाता है वह इन दोनों हालतों के बीच की हालत है.......

आज एकता के पास किसी के लिए भी लफ्ज़ नहीं थे, किसी के पास भी एकता के लिए लफ्ज़ नही थे—इसलिए जितने भी लोग एकता के नज़दीक थे, वह एक स्थान की तरह इस स्थान का हिस्सा थे—बिलकुल उस तरह जिस तरह दूर कुछ पेड़ उस दूर स्थान का हिस्सा थे।

एकता ने एक कूपन रेस्टोरेंट की एक लड़की को पकड़ा दिया और अपने हिस्से में से चालीस कोपिक की एक बीयर ले ली। बीयर का एक-एक घूंट पीती एकता को लगा कि आज की शाम उसकी ज़िन्दगी में वह पहली शाम थी जिसका एक-एक पल वह बीयर के एक-एक घूंट की तरह पी रही थी—ज़िन्दगी का वक्त हमेशा उसने काटा था, आगे कभी पीकर नहीं देखा था।

11

अरुण को एकता के कुछ खत आए थे, केबिल भी आई थी, सबमें काम का ज़िक्र था। अरुण को एकता में हमेशा एक विश्वास रहा था पर उसे बाहर देश में भेजते वक्त एक बार अरुण को यह ज़रूर लगा था कि उसने यह कदम अपने विश्वास से भी बड़ा उठा लिया था। इसलिए एक हल्की सी घबराहट उसमें कुछ दिन रही थी। वैसे वह बहुत परेशान नहीं था—यह घबराहट भी उसने जानबूझकर ली थी। यह कीमत देकर भी वह समझता था कि उसे यह करना था। पर अब जब एकता के खतों में उसने काम की तफसील देखी—उसे एक अजीब तसल्ली आई कि एकता का जाना सिर्फ एकता के लिए ही नहीं, काम के लिए भी ठीक था।

एकता का अपने में विश्वास बड़ा हो गया था, यह खतों में दिखता था, पर इससे ज़्यादा उसके अपने बारे में कुछ नहीं लिखा था। पर आज अरुण को एकता का जो खत आया, खत छोटा सा था, पर अरुण ने एक बार पढ़ा, दो बार पढ़ा, और फिर खत को बांह में लेकर इस तरह अपने साथ सटा लिया, जैसे पूरी की पूरी अपनी बहन को अपने गले से लगा लिया हो। लिखा हुआ था—"अरुण, आज मैंने कुछ पा लिया है। वह—जिसे पाने के लिए आज तक जीती रही। इसी धरती ने दिया है। ज़िन्दगी के रहते दिन इस धरती की देनदार रहूंगी। धरती की भी—और तेरी भी, क्योंकि यह सब तेरे हाथों हुआ है। जिसके अस्तित्व को मैं इस दुनिया में देखना चाहती थी, देख लिया है। यह खत लिखते हुए मैं उसे आंखों से देख रही हूं, हाथों से छू रही हूं, वह मेरे सामने है...नहीं सामने नहीं, मैं खुद उसके भीतर हूं, उसमें समाई हुई, और उसे अपने में समोकर...तुम्हें उसका नाम बताऊं... ...वारना...यह धरती का एक अजीब टुकड़ा है...एक तरफ सागर, एक तरफ पहाड़, एक तरफ जंगल। यह तीनों का संगम है। सागर मुझे इन्सान की विशाल और जलथल करती आत्मा की तरह लग रहा है, और जंगल मनुष्य के उस मन की तरह, जिसमें नित नई राह मिलती है—रंगों और

सुगन्धों से भरी हुई और नित नई 'ग्रोथ' का चिह्न। और ऊंचे-ऊंचे पहाड़ इन्सान के 'इन्टलैक्ट,' का सिम्बल है—जहां पहुंचने के लिए बहुत चढ़ाइयां चढ़नी पड़ती हैं...

"अरुण मैं यही तीन चीज़ें किसी इन्सान में ढूढ़ती थी—किसी मर्द में। आज लगता है उसने स्थान का रूप बदल लिया है, और वह मुझे मिल गया है। रूप बदलने से क्या होता है, वह मुझे मिल गया है, और मैंने उसे पहचान लिया है। और मेरे भीतर जो कुछ अधूरा था वह पूरा हो गया है—

"सिर्फ एक खयाल आता है कि मैं इसके पास नहीं रह सकूंगी। पर एक बात सोचती हूं—धरती बहुत बड़ी है, तंगदिल भी नहीं, उसके पास इस जैसे और टुकड़े भी होंगे। हमारे देश में भी होंगे। तूने एक बार कहा था कि तूने अपने काम की एक ब्रांच खोलनी है। जब तू कोई जगह सोचेगा, मेरी इस बात को भी सोच लेना... तू जितना काम कहेगा मैं करूंगी, और वहां से मैं अपने लिए एक छोटी सी जगह बना लूंगी—अपने वजूद जितनी छोटी—तेरी एकता।"

अरुण ने खत को भींच के अपने से सटाया हुआ था—और फिर अरुण की आंखों में पानी आ गया—"एकी! यह धरती कितनी अमीर है जो तुम्हें किसी स्थान की शक्ल में इतना कुछ दे सकती है...पर यह धरती कितनी गरीब है जो तुझे इन्सान की शक्ल में कुछ भी नहीं दे सकती..."

एरियल

"ए प्रिटी गर्ल इज़ लाइक ए मैलोडी"—किसी के लिए उसका नाम कुछ और हो सकता है पर मेरे लिए उसका नाम यही है—मैलोडी। "क्या कहा आपने?" वह मेरी क्या लगती थी? कोई मैलोडी किसी की क्या लग सकती है, मुझे मालूम नहीं। नहीं मैं बात को टाल नहीं रहा...आप समझ सकें तो समझा रहा हूं—कि मैलोडी सबसे पहले कानों में पड़ती है, इसके लिए न किसी मैलोडी को कानों से इजाज़त लेने की ज़रूरत होती है, न कानों को किसी मैलोडी से कुछ पूछने की ज़रूरत होती है। बस वह कानों में पड़ जाती है, और कान उसे इन्सान के सिर की नाड़ियों में ढाल देते हैं। और फिर वे नाड़ियां उसे इन्सान की छाती की सांसों में उतार देती हैं...फिर वह वहां पड़ी रहती है।

कभी-कभी बोलती है, बज उठती है और अंधेरे-सवेरे, जब उसका जी चाहे, इन्सान को अपने अस्तित्व का स्मरण करा देती है। बस यही 'स्मरण' इन्सान से उसका नाता बन जाता है। मुझे इस नाते का कोई और नाम नहीं आता। शायद इन्सान ने अभी तक इस नाते का कोई नाम नहीं ढूंढा।...

आप मुस्करा रहे हैं, मैं देख सकता हूं। रात अभी बहुत नहीं हुई, चाहे अन्धेरा इतना हो गया है कि मैं आपका चेहरा नहीं देख सकता। पर आसमान में दिन की रोशनी का एक टुकड़ा अभी अटका हुआ है। आप जब इस सुनसान जगह पर धीमे-धीमे चलते हुए मेरे पास आ रहे थे तो मैंने

आपको अपने पास ठहरते देख लिया था।

उजड़ी जगहों में भी लोग बसने का भुलावा पाना चाहते हैं, किसी राह जाते हुए से बातें करते हैं शायद उनका अकेलापन पलभर के लिए दम ले लेता है।

नहीं, मैं आपसे यह नहीं पूछंगा कि आप कौन हैं? मैं इस वक्त किसी से भी कुछ पूछने के रौ में नहीं। वैसे तो मैं किसी को कुछ बताने के रौ में भी नहीं, पर आप मेरे पास आकर खड़े हो गए हैं, खड़े रहें, मुझे इसमें कोई एतराज़ नहीं—बैठ जाएं, बैठना चाहते हों तो। इसमें मुझसे पूछनेवाली क्या बात है...अच्छा आप अकेले नहीं, दूर खड़े कुछ और लोग भी आपके साथ हैं। वह आपकी तरफ देख रहे हैं, शायद आपके इन्तज़ार में हों।

क्या कहा आपने? वह अभी आपके पास आकर बैठना चाहते हैं? उन्हें अपने पास बुला लीजिए। नहीं मुझे कोई एतराज़ नहीं। पर एक बात आपसे कह दूं कि आपने शायद मुझे गलत समझा है। आपकी मुस्कराहट से लगता है कि आपने मुझे गलत समझा है।

आपने समझा है कि मैं एक फटेहाल आशिक हूं, और रात के समय इस वीरान जगह में एक मजनूं की तरह बैठा हूं। नहीं जनाब, मैं मजनूं नहीं हूं। मैं किसी लैला के इश्क में दीवाना नहीं हुआ।

मेरे होश बिल्कुल क़ायम हैं। आपने अभी जिसकी कब्र की ओर इशारा करके मुझे पूछा था कि यह किसकी कब्र है तो मैंने आपको ठीक बताया था कि यह मैलोडी की कब्र है। कब्र सिर्फ मिट्टी की नहीं होती—खामोशी की भी हो सकती है—बेगानगी की भी हो सकती है—उदासीनता की भी हो सकती है—मन की थकावट की भी हो सकती है—कई हालतों की हो सकती है—

ए प्रिटी गर्ल इज़ लाइक ए मैलोडी—हां जनाब, आपने ठीक फरमाया है—मैलोडी कैसे मर सकती है! वह सिर्फ कभी इतनी ऊंची होती है कि अच्छी तरह सुनाई देती है, और कभी इतनी आहिस्ता होती है कि सुनाई नहीं देती।

अगर आप अच्छी तरह कान लगाय, तो आप उसे सुन सकते हैं—सारा ध्यान उसकी तरफ कर लें तो यह हवा इतनी बेरहम नहीं कि आपके कानों में कुछ न पड़ने दे। क्या कहा आपने, जनाब? आपको कुछ नहीं सुनाई देता...बड़ी अजीब बात है...अच्छा, ठहरिये, मैं कुछ करता हूं...

आप सुनिए—अब भी कुछ नहीं सुनाई देता? आप मुस्करा रहे हैं; आप मुझे दीवाना समझ रहे हैं। यह दीवानगी का आलम नहीं, जनाब... नहीं मैंने शराब नहीं पी, आपका खयाल दुरुस्त नहीं।

मैं एक सिगरेट ज़रूर पीना चाहता हूं, देखता हूं अगर मेरी जेब में कोई मिल जाए।

एक सिगरेट मिल गया है—एक और होता तो मैं आपको भी दे सकता था—पर आप अकेले नहीं, एक सिगरेट आपके किसी काम का नहीं था। क्या कहा आपने? मैं आपकी कोई फिक्र न करूं? आपको सिगरेट नहीं चाहिए?—खैर, आपने ठीक कहा है, जो आपको चाहिए भी तो मैं इस समय कुछ नहीं कर सकता। इसलिए यही मान लेता हूं कि आपको नहीं चाहिए।

—हां, जनाब, अब पूछिये क्या पूछना चाहते हैं। जब नशा टूटा हो तो सिगरेट का पहला कश ज़िन्दगी की सबसे बड़ी नियामत लगता है। मैंने आज सारा दिन सिगरेट नहीं पिया था, अभी आपके साथ बातें करते हुए लगा कि मेरा नशा टूटा हुआ था—। अब मैं बिल्कुल ठीक हूं। दीवानगी का कोई सवाल नहीं—

मैलोडी?...कान लगाइये जनाब, आप उसकी आवाज़ अपने कानों से ही सुन सकते हैं। मैं कौन होता हूं कुछ कहनेवाला—नहीं जनाब, इस मैलोडी को गानेवाला मैं नहीं था। वैसे आपने यह दुरुस्त कहा है कि हर मैलोडी को गानेवाला कोई न कोई ज़रूर होता है। इसी 'कोई' के कारण कोई मैलोडी वजद में आती है। मैं इस बात से इनकार नहीं करता। मैं सिर्फ यह कह रहा था इस मैलोडी को गानेवाला मैं नहीं।

क्या पूछा आपने, कि मैं फिर कौन हूं? मैं जनाब कुछ भी नहीं—हवा में लटकता हुआ एक एहसास हूं—नहीं, एहसास भी नहीं, सिर्फ तार का

एक टुकड़ा हूं—एक एरियल।

मैं किसी की आवाज़ में कोई दखल नहीं दे सकता...न स्वर बदल सकता हूं...न लफ्ज़ बदल सकता हूं...जिसके गले को जो कुछ गाना नसीब हुआ है या जो कुछ गा सकना उसकी तकदीर में आया है, और जो कुछ किसी का हासिल हुआ है यह उसकी जुर्रत, मेरा इसमें कोई दखल नहीं... मैं सिर्फ यही कर सकता हूं कि वह अगर किसी को अच्छी तरह सुनाई न दे रहा हो तो हवा में से उसकी आवाज़ को अच्छी तरह गुंजार दूं...जी हां, जनाब! हाथ पकड़ कर गुंज़ार दूं। एक एरियल इससे ज़्यादा और क्या कर सकता है!

क्या कहा आपने? इन्सान आखिर इन्सान है? वह कभी अपना हाथ आगे करके साज़ बदल सकता है? वह कभी किसी को सलाह देकर गीत का काफिया बदल सकता है? बड़ी अनजान बात की है आपने, जनाब! लगता है आपने कभी इन्सान नहीं देखे। देखे होंगे तो सभा में खड़े होकर भाषण देनेवाले यन्त्र देखे होंगे।

इस दुनिया में दो तरह के इन्सान होते हैं। मेरा मतलब है असली इन्सान। मैं यन्त्रों-मन्त्रों की बात नहीं करता। एक इन्सान वह होते हैं जो मुहब्बत करते हैं। और एक वह जो मुहब्बत करवाते हैं। बस यही दो तरह के इन्सान होते हैं। इनमें से एक तरह के इन्सान साज़ बन जाते हैं। जी हां, सिर्फ साज़ जिनके तारों को कस दबाकर कोई जैसे चाहे स्वर में कर सकता है और फिर उनमें से जैसा कोई चाहे राग निकाल सकता है...जी हां, बड़े खुश और हंसते स्वर भी, और बड़े बिलखते स्वर भी...यह लोग वही होते हैं जो मुहब्बत करते हैं मैने जिसे मैलोडी कहा है वह इन्हीं लोगों में से थी। उसे साज़ भी कह सकता हूं। पर मैंने जब पहली बार देखा था, वह इतनी पतली, नाज़ुक और खूबसूरत थी कि बिना कुछ सोचे मेरे मुंह से उसके लिए यही नाम निकल गया था— मैलोडी। साज़ के तारों जैसा एक कंपन उसके जिस्म में था और मेरा खयाल था कि वह अपने साज़ को बजा सकनेवाली तकदीर आप नहीं थी। खुद नहीं थी। मेरा मतलब था कि

वह सिर्फ साज़ बन सकती थी, साज़ को स्वर में कर सकनेवाला हाथ नहीं बन सकती थी, और इसलिए वह साज़ में से निकलनेवाला स्वर भी नहीं बन सकती थी।

कम्बख्त बहुत हसीन थी। मूर्ख भी थी। यह मुहब्बत करनेवाले लोग बिल्कुल मूर्ख होते हैं, खज़ाने की चाबी खुद ही किसी बेगाने को सौंप देते हैं और फिर अपने खजाने का एक पैसा खर्च करने के लिए भी दूसरे के हाथों की तरफ देखते रहते हैं। अपनी मिलकियत को मिलकियत समझकर कभी नहीं लेते, हमेशा खैरात समझ कर लेते हैं. पर यही तो उनके हुस्न का राज़ होता है...उनकी इसी मुर्खता से तो किसी को उनपर प्यार आता है....

जो दूसरी किस्म के इन्सान होते हैं...अभी मैंने आपसे कहा था कि दूसरी किस्म के इन्सान वह होते हैं जो मुहब्बत करवाते हैं। यह बादशाह होते हैं। बेगानी दौलत के बादशाह। अगर मैं मीठी तरह यह बात न कहूं, तो असली और कड़वी तरह मुझे यह कहना पड़ेगा कि यह सही अर्थों में सांप होते हैं। खज़ाने पर बैठे हुए सांप। किसी के मन की और तन की दौलत को न खुद खरचते हैं, न किसी और को खरचने देते हैं...यह बात सच्ची है पर बड़ी तलख है। आप इस तलखी से घबरा न जाएं, इसलिए मैं इस बात को और तरह कहता हूं। हां जनाब! यह जो दूसरी किस्म के इन्सान होते हैं, यह साज़ में से स्वरों को जगानेवाले हाथ होते हैं। जब उनका जी चाहता है वह साज़ को झाड़ते-पोंछते और हथेलियों में लेकर स्वर में करते हैं, उंगलियों की हल्की-हल्की छुअन लगाते हैं, और उनमें से मीठे-मीठे स्वर निकालते हैं। और फिर जब उनके जी में आता है वह साज़ में से भैरवी नहीं निकालते, करुण राग निकालते हैं...जी हां, अगर वह चाहें तो बरसों उस साज़ की ओर देखते भी नहीं। किसी धूल से कटे हुए कोने में उस साज़ को रख देते हैं और फिर उसे भूल जाते हैं। साज़ का क्या है, वह एक लाश की तरह पड़ा रहता है। पर साधारण लाश में और इस लाश में एक फर्क होता है। साधारण लाश के पास बैठकर कोई लाख रोये, वह फिर कभी नहीं जीती। पर यह

लाश बड़ी बदनसीब होती है। बदनसीब इसलिए कि इसे एक मौत मरना नसीब नहीं होता। इसको बहुत-सी मौतें मरनी होती हैं। दिनों, महीनों और बरसों की लापरवाही के बाद भी इनका दावेदार इन्हें हाथ लगाए, ज़रा-मेहरबान होकर बुलाए तो यह लाश फिर से जी उठती है...।

अब आप समझ गये होंगे कि जब मैंने कहा था कि इस दुनिया में दो तरह के इन्सान होते हैं तो मेरा क्या मतलब था। यह बात अलग है कि दो तरह के इन्सान कभी अपना रोल बदल लेते हैं, या किस्मत उनका रोल बदल देती है...क्या कहा आपने? मैं? मैं इन दोनों किस्मों में से किसी किस्म का इन्सान नहीं। साज़ बजाना भी मेरी किस्मत में नहीं था और साज़ को छू सकनेवाला हाथ बनना भी मेरी किस्मत में नहीं था। मेरा तुम्हारा क्या है। हम कई तरह के यन्त्रों की किस्म के इन्सान हैं...आप, जो किसी फुर्सत की घड़ी में किसी की आप-बीती सुननेवाले श्रोता हैं, और मैं, जो किसी साज़ में से निकलती आवाज़ को ज़रा ऊंचा करके सुनानेवाला एरियल हूं...मैंने ठीक कहा है न कि हम तुम कई तरह के यन्त्र-किस्म के इन्सान हैं।

आप जो अभी किसी की कहानी सुनेंगे, सुनते हुए हो सकता है आपकी आंखें भर पाएं या आज की रात आपकी नींद उखड़ जाए पर कल को आप फिर अपने काम में लग जाएंगे, और बात को भुलाने के लिए इसकी कसक को एक चुभती कमीज़ की तरह उतारकर दूर रख देंगे! और मैं—जब आप चाहेंगे, या कोई भी चाहेगा, तो इसी बात को ज़रा ऊंचा करके सुना दूंगा। पर बात की तकदीर को कभी नहीं बदल सकूगा। और फिर जब आप सुनकर चले जाएंगे, कोई भी सुननेवाला चला जाएगा तो यह मैलोडी अपने सभी स्वरों की तकदीर को अपनी छाती से लगाकर चुप हो जाएगी, और मैं एरियल के तार की तरह हवा में लटकता रहूंगा...

अच्छा जनाब! जैसा आप कहते हैं, मेलोडी की बात सुन लीजिए, मुझे क्या एतराज हो सकता है...।

एक थी ऐनी, और एक था अनवर। फिर एक दिन की बात है कि ऐनी

की मोटी गहरी काली आंखों में देखकर अनवर को लगा कि वह ज़िन्दगी के सागर का किनारा थी। किनारा हमेशा ही एक हिफाज़त होता है...जिसकी गीली रेत पर इन्सान घण्टों पर निश्चित होकर सूरज की धूप सेंक सकता है, सीपियों से खेल सकता है, और उसकी छाती में बांस गाड़कर आंधी-मेंह से बचने के लिए एक छाजन अपने सिर पर बना लेता है। किनारा बीवी होती है, छाजन घर होता है, सीपियां बच्चे होते हैं।

अनवर के पास यह सब-कुछ था—ऐनी उसकी बीवी, बम्बई के वरली इलाके में तीन कमरों का फ्लैट, और सात बरस का एक बेटा सलाम। पर अनवर ने आज ज़िन्दगी के सागर में जाकर जो कुछ देखा था उसने उसके अन्तर में 'एडवैन्चर' की एक ऐसी रौ भर दी थी कि वह आज किनारे के पास आकर भी किनारे पर नहीं आना चाहता था।

अनवर अभी अपनी सेक्रेटरी लिज़ के बिस्तर से उठकर आ रहा था। लिज़ की नीली आंखों का रंग उसकी आंखों से उठकर कमरे के पर्दों तक इस तरह फैल गया था कि अनवर को सागर के नीले पानी में तैरते-डूबते का एक अजीब अहसास हुआ था—अथाह पानी की खौफनाक असीमता का एहसास।

अनवर को लिज़ के बिस्तर में सोते हुए एक औरत के बिस्तर में सोने का एहसास बिल्कुल नहीं हुआ था। लिज़ की गोरी-चिट्टी और पतली बाहें या उसकी छाती का उभार जब उसके बदन से छुआ तो अनवर को बिल्कुल यह लगा था कि जैसे सागर के पानी में तैरते हुए नर्म-नर्म मछलियां उसके बदन को छू रही थीं। इन मछलियों को वह किसी किनारे पर नहीं लाना चाहता था—शायद इसलिए कि चेतन या अचेतन उसके मन में उसे यह पता था कि मछलियां किनारे पर आकर मर जाती हैं।

अनवर को किनारे से नफरत नहीं थी, बल्कि किनारे से एक हल्का-सा रश्क था पर इस समय उसके मन की हालत ऐसी थी कि वह किनारे के पास पाकर भी किनारे पर नहीं आना चाहता था। और फिर जैसे कोई किनारे को छुकर किनारे से हल्का सा मज़ाक करता है, सागर

के पानी में खड़ा होकर, फिर सागर के पानी में लौटने के लिए, किनारे को एक हल्की सी चुटकी काटता है, अनवर ने ऐनी से कहा, "ऐनी, जो मैं तुझे छोड़ दूं...'

ऐनी चुपचाप खड़ी थी—किनारे की तरह ही अडोल और स्थिर। अनवर को लगा कि ऐनी ने उसकी बात नहीं सुनी, अगर सुनी थी तो उसके खौफ की गम्भीरता को नहीं समझा था।

'खौफ किनारे को नहीं होता, किनारे से दूर जानेवाले को होता है'—अनवर के ही मन की दलील ने कहा। पर इस दलील से बड़ी एक सच्चाई अनवर को पता थी कि औरत ज़िन्दगी का वह किनारा होती है जो किनारा होते हुए भी उस राही से ज़्यादा घबराती है जो इस किनारे का आसरा लेता है.. राही इतना नहीं घबराता जितना किनारा घबराता है।

ऐनी के साथ गुज़रे हुए ज़िन्दगी के दस बरस अनवर के सामने थे : ऐनी अपने पन्द्रहवें और सोलहवें बरस के बीच थी जब उसे अनवर से इश्क हो गया था। अनवर तब कालेज में पढ़ता एक साधारण ख़ूबसूरत लड़का था पर ऐनी के इश्क ने उसकी साधारण खूबसूरती को असाधारण कर दिया था और उसके लड़कपन को उसकी मर्दानगी बना दिया था। अनवर को पता था कि ऐनी के ऊंची हैसियतवाले मां-बाप अपनी खुशी से अनवर को कभी मन्जूर नहीं करेंगे, इसलिए उसने ऐनी के इश्क को ललकारकर कहा था "तुझमें इतना हौसला कभी नहीं आएगा कि तू एक दिन चुप-चाप अपने मां-बाप को छोड़कर मेरे पास आ जाए।" ऐनी के तन की और मन की चढ़ती जवानी विल्कुल वही जवानी थी जो और कोई तौहीन तो चाहे सह ले पर यह तौहीन कभी नहीं सह सकती कि उसके पैर किसी खतरे को लांघ नहीं सकते।

ऐनी ने सचमुच एक रात उसके होस्टल का दरवाजा खटखटाया और उससे कहा था, "अनवर, तूने कहा था मैं यह कभी नहीं कर सकती।" उस वक्त ऐनी नहीं, अनवर घबरा गया था। ऐनी दहलीज के बाहर खड़ी थी और अनवर ने घबराकर दरवाजे का एक किवाड भिड़का दिया था। और

अन्दर कुरसी की बांह पर सिर रखकर सोच में पड़ गया था—ऐनी को रखने के लिए उसके पास कोई घर नहीं था, ऐनी को कमाकर रोटी खिलाने के लिए उसके पास कोई रोजगार नहीं था!

उस वक्त उसके दोस्त ने मौका संभाला था। वह ऐनी और अनबर के इश्क को शुरू से जानता था। उसने ऐनी को कमरे में लाकर बिठाया था, फिर अनवर को एक ओर ले जाकर समझाया था, और फिर ऐनी की मां को बुलाकर अपने हाथों उनका विवाह कर देने के लिए मिन्नत की थी निकाह हो गया था और ऐनी के मां-बाप ने अनवर से इकरार किया था कि वह जब तक अपनी पढ़ाई पूरी नहीं कर लेता तब तक वह ऐनी के हर खर्च के जिम्मेदार थे। आखिर पढ़ाई पूरी हो गई थी। अनवर ने घर बना लिया था, स भाल लिया था, पर ऐनी में और उसके मां-बाप में जो उस दिन एक दरार-सी आ गई थी, वह कभी नहीं मिटी थी। ऐनी ने जितने भी दिन मां-बाप की मदद ली थी, एक एहसान की तरह ली थी। उसने जो कुछ भी अपना अनवर से जोड़ा था, सबसे तोड़कर जोड़ा था इसलिए जब अनवर पूरी तरह उसका आसरा बन गया तो उसके बाद उसने मां-बाप के अमीर आसरे की ओर कभी नहीं देखा था।

तब अनवर कई बार हंसकर ऐनी को अपनी बांहों में लेकर पूछता था—"तुने ऐसा कैसे कर लिया? अगर मैं एक अच्छा आदमी न होता, तुझे चार दिन के बाद छोड़ देता, फिर तू क्या करती?"

और ऐनी एक भीगी बिल्ली की तरह उसकी वांहों में गुच्छा होकर कहा करती थी-"फिर मैं मर जाती।"

अनवर को उस ऐनी से खौफ हुआ था जो एक रात दुनिया का सब कुछ छोड़कर उसके होस्टल के कमरे के बाहर आकर खड़ी हो गई थी। पर इस ऐनी पर अनवर को प्यार आता था जो एक बिल्ली की तरह उसकी बांहों में गुच्छा हो जाती थी। चाहे अनवर कभी-कभी आप ही सोचता था कि यह कैसी अजीब बात है कि मर्द औरत की दिलेरी से खौफ खाता है पर औरत की कमजोरी को प्यार करता है। और मन ही मन अनवर शायद यह

भी समझता था कि ऐनी जब सब-कुछ छोड़कर उसके पास आई थी, उस घड़ी वह वक्त को नहीं संभाल सका था, और अब ऐनी से ऐसी बेतुकी बातें पूछकर और अपनी दिलेरी का सबूत देकर वह उस शर्मिन्दा घड़ी को ढांपने या भूलने का यत्न करता था।

आज भी अनवर शायद कहीं मन में शर्मिन्दा था, आज उसने एक पराई औरत के साथ सोकर अपनी ऐनी के साथ बहुत बड़ी अपनी वफा तोड़ी थी, भले ही अभी तक उसके चेतन मन में वफा तोड़नेवाली घड़ी का कोई पछतावा नहीं था। पर उसके अन्दर कहीं शर्मिन्दगी की एक कसक-सी ज़रूर थी। शायद इसी शर्मिन्दगी को ढांपने या भूलने के लिए उसने आज फिर ऐनी से पूछा था, "तेरा क्या होगा जो मैं तुझे छोड़ दूं!"

और वह सोच रहा था कि ऐनी अभी-अभी एक बिल्ली की तरह उसकी बांहों में गुच्छा हो जाएगी और अपनी गर्म सांसों से उसकी गर्दन को छूती हुई घबराकर कहेगी, "मैं मर जाऊंगी," फिर वह ऐनी को अपनी बांहों में ले लेगा, उसके ठंडे होते होठों को चूम लेगा, उसके निढाल होते हाथों को पकड़ेगा और उसे मरने से बचा लेगा—और—और-इस मरने और बचाने की जद्दोजहद में जब वह ऐनी की आंखों में अपनी अहमियत देख लेगा तो उस अहमियत की रोशनी में उसकी आज की शर्मिन्दगी का दाग मिट जाएगा।

अनवर ने ऐनी की मोटी और काली आंखों में फिर देखा—आंखें झुकी हुई नहीं थीं, घबराई हुई भी नहीं थीं।

"आज मैं मज़ाक नहीं कर रहा, सचमुच सोच रहा हूं," अनवर ने कुछ घबराकर, कुछ गंभीर होकर कहा। और फिर अनवर को लगा कि उसने जो कुछ कहा था वह काफी नहीं था। उसने बात के खौफ को ऐनी के भीतर उतारने के लिए आगे कहा, "मैंने तुझसे मुहब्बत ज़रूर की थी, ऐनी, पर वह किस वक्त की बात है—टीन एज की—उस वक्त की चाहत बिलकुल लड़कपन होती है, यूं मैं अब भी..." अनवर को आगे समझ में नहीं आ रहा था कि वह क्या कहे—क्या वह यह कहे कि वह अब भी ऐनी से

मुहब्बत करता था या सिर्फ यह कहे कि वह अब भी एक ज़िम्मेदार खाबिन्द था। अनवर को अपनी ज़बान लड़खड़ाती लगी, ज़बान नहीं खयाल ही लड़खड़ता लगा।

"कुछ भी हो, मगर मैं मरूंगी नहीं" ऐनी के मुंह से निकले यह लफ्ज़, अनवर को लगा कि उसने साफ अपने कानों सुने थे, फिर भी उसे यकीन नहीं हुआ कि ऐनी ने यह लफ्ज़ कहे थे। उसने हैरान होकर ऐनी की ओर देखा : क्या?

"कुछ भी हो पर मैं मरूंगी नहीं," ऐनी ने अपने लफ्ज़ दोहरा दिए।

"पर फिर तू क्या करेगी?" अनवर के मुंह से अजीब सवाल निकला। शायद ऐनी के जवाब से उसे एक अजीब परेशानी हुई थी कि अगर वह उससे अलग होकर मरेगी नहीं तो फिर क्या करेगी!

अनवर ने इस बार जब ऐनी की ओर देखा, उसे लगा कि पिछले दस बरसों से जिस ऐनी को वह रोज़ देखता आ रहा था, आज उस ऐनी की जगह कोई और ऐनी उसके सामने खड़ी थी।

और फिर अनवर को लगा कि यह आज की ऐनी भी उसने पहले देखी थी— एक बार—तब जब वह पन्द्रह-सोलह बरस की उन में एक रात दुनिया का सब-कुछ छोड़कर उसके पास आ खड़ी हुई थी। इस ऐनी से वाकिफ होने की चाहे अनवर को कभी जरूरत नहीं पड़ी थी, पर इसके बारे में उसे अपने भीतर कहीं यह पता ज़रूर था कि यह ऐनी जिस हिम्मत से दुनिया का सब-कुछ छोड़कर उसके पास आ सकती थी, उसी हिम्मत से उसके पास से जा भी सकती थी।

ऐनी की खूबसूरती एक खास तरह की थी। उसके बदन का रंग सांवला था पर उसके एक-एक अंग की बनावट सांचे में ढली हई थी। घूंघरवाले बाल उसके माथे पर संभाले नहीं संभलते थे और उसकी मोटी और स्याह काली आंखें कई बार चमकते कंडलों की तरह लगती थीं जो उसके बालों में से ही माथे से और नीचे ढलक पड़े थे। अनवर के सिर्फ देसी दोस्त ही नहीं परदेशी दोस्त भी जब ऐनी को देखते थे, देखते रह जाते थे। एक फिकरा

कइयों के मुंह से निकला था—"हिस्टोरिक ब्यूटी"। और फिर यही फिकरा जैसे ऐनी का दूसरा नाम हो गया था।

ऐनी जिस तरह तनी हुई इस समय खड़ी थी, अनवर को उसकी ओर देखकर कहने के लिए और कुछ नहीं सूझा, उसके मुंह से यही निकला, "हिस्टोरिक ब्यूटी" और अनवर मुस्करा दिया। उसे लगा कि इस लफ्ज़ के भार तले अब तक हुई बात का उभरा हुमा तनाव बैठ जाएगा।

"हिस्टोरिक नहीं, प्रि-हिस्टोरिक," ऐनी ने जवाब दिया।

और अनवर को लगा कि पहले लफ्ज़ का कितना भी वजन क्यों न हो, इस लफ्ज़ का बज़न उससे भी ज्यादा था, और यह तनाव को कम करने की जगह तनाव में मिल गया था।

यह लफ्ज़ अनवर ने आज पहली बार ऐनी के मुंह से सुना था और अनवर को लगा कि ऐनी में आज वह दस बरस पहले की ऐनी को ही फिर से नहीं देख रहा था, वह किसी उस औरत को भी देख रहा था जो ऐतिहासिक काल से भी पहले की औरत थी—दुनिया के हर व्यवहार और हर संस्कार से स्वतन्त्र।

"ऐनी..." अनवर ने यह लफ्ज़ ऐनी को मुखातिब करके इतना नहीं कहा जितना अपने ही सामने यह लफ्ज़ रखकर उसे समझने की कोशिश करने के लिए कहा। पर जब उसे काफी देर कुछ भी समझ में नहीं आया तो कुछ भी समझने की सारी बात उसे बेकार लगने लगी।

उसे खयाल आया कि आज से दस बरस पहले ऐनी को जिस अनवर से मुहब्बत हुई थी वह अनवर सिर्फ चौड़े कन्धोंवाला और तीखे नक्शोंवाला एक मर्द था। वह अनवर आज भी कायम था—आगे से ज्यादा भरे अंगोंवाला और आगे से ज़्यादा मर्द। इसलिए अनवर ने सोचा वही मर्द आज वह ऐनी के हवाले कर देगा और अपने जिस्म की तपिश में ऐनी के जिस्म की तपिश मिलाकर खुद भी सब कुछ भूल जाएगा और ऐनी को भी भुला देगा।

पर अनवर हैरान था कि उसके जिस्म में ऐनी के पास होकर ऐनी को अपने में भींच लेने की कोई तपिश नहीं उठ रही थी। और उसे लगा कि

उसके पैरों से जो एक सीलन चढ़कर उसके अंगों में फैलती जा रही थी, यह उसके खयालों तक भी अभी पहुंच जाएगी।

जैसे कोई बुझी हुई आग को कुरेदता है—अनवर ने ज़िन्दगी की कई एक उन घड़ियों को मन में लाकर देखा जब वह बदन से एक-एक कपड़ा उतारती ऐनी के अंगों की गोलाई देखता इतना मुग्ध हो जाता था कि उसके अन्दर का कलाकार उसमें जाग उठता था चित्रकला कभी उसकी दीवानगी रही थी। पर दिनोंदिन बढ़ते सरकारी ओहदे ने अमीरी का आराम उसके लिए इतना ज़रूरी कर दिया था कि वह कभी उसे छोड़कर कला के शौक को अपनाने का हौसला नहीं कर सका था। पर ऐसी किसी घड़ी में कई बार उसके अन्दर का कलाकार जाग उठता था और वह कागज़ और पैंसिल लेकर ऐनी के जिस्म की खूबसूरती को लकीरों में पकड़ने के लिए बैठ जाता था। फिर बहुत बार ऐसा होता था कि कला की तपन से उसके अपने जिस्म की तपन बढ़ जाती थी। यह तपन उससे सही नहीं जाती थी और वह कागज़ पैंसिल वहीं रखकर ऐनी को अपनी बांहों में ले लेता था—आज अनवर के सामने ऐसे कितने ही दिन आए और वह सोचता रहा कि अभी उसके जिस्म में कुछ जाग जाएगा। पर आज की सीलन जाने कैसी थी कि भीतर से कुछ नहीं जाग रहा था।

फिर अचानक अनवर के मन में कई एक वह घड़ियां याद हो आईं जब अनवर की मामूली सी बेपरवाही, हल्का सा रोष, थोड़ा सा बुखार या किसी शाम घर आने में हुई देर ऐनी को इस तरह ज़र्द कर देती थी कि वह रात को अनवर की छाती से लगकर कितनी देर गुच्छा-सी हुई पड़ी रहती थी—और फिर ऐसी किसी घड़ी को सोचकर अनवर के बदन में कुछ जाग सा गया।

पिघलती आंखों से अनवर ने ऐनी की ओर देखा। ऐनी का रंग ज़र्द नहीं था और ऐनी के अंग घबराकर उसकी बांहों में गुच्छा होने के लिए आतुर नहीं लगते थे। आग के उठते हुए सेंक को जैसे कोई एक छींटा दे देता है—सेंक बुझ गया और अनवर खालीखाली आंखों से सामने दीवार की ओर देखने लगा।

दीवार खाली थी। दीवार पर कोई चीज़ हो तो वह चीज़ घड़ी-पल के लिए किसी के ध्यान को उलझा लेती है पर खाली दीवार बड़ी खतरनाक होती है। खाली दीवार से इतने खयाल उठते हैं कि देखनेवाला पागल हो उठता है। अनवर ने अपने खयालों से पागल-सा होकर फिर ऐनी की ओर देखा। ऐनी का अस्तित्व कभी भी इस तरह नहीं था जिस तरह उस दिन था—अपने को अपने हाथों में पकड़कर खड़ा। अनवर के बदन में से नफरत की एक तपती हुई लकीर गुज़र गई।

यह पहली बार थी जब अनवर ने ऐनी से नफरत की थी—नहीं, पहली बार नहीं, दूसरी बार—अनवर को लगा कि पहली बार उसने ऐनी से तब नफरत की थी जब वह उसकी ललकार को झुठलाकर एक रात उसके होस्टल के कमरे में आ खड़ी हई थी। चाहे तब उसने यही सोचा था कि वह सिर्फ घबराया था, पर आज वह सोच रहा था कि उस दिन भी उसकी घबराहट में कहीं थोड़ी सी नफरत ज़रूर मिली हुई थी।

इन्सान कुछ भी करे—कुछ भी अनरीज़नेबल—पर कम्बख्त रीज़न उसके अन्दर कहीं न कहीं ज़रूर अटका रहता है। अनवर के मन में भी कुछ चुभ रहा था और उससे पूछ रहा था कि ऐनी से यह नफरत किस बात की?

अनवर को इस सवाल का जवाब भी पता चल रहा था कि उसकी यह नफरत ऐनी से नहीं थी, ऐनी के उस अस्तित्व से थी जो अपने आपमें कमज़ोर नहीं था। उसका जो भी हिस्सा कमज़ोर था उसके साथ अनवर को हमेशा प्यार आया था, अब भी आ सकता था चाहे अनवर को यह पता नहीं लग रहा था कि यह जवाब अच्छा था या बुरा।

और इस सारी मजबूरी के सामने अनवर के पास एक ही चारा रह गया था, कि वह ऐनी के कमज़ोर पहलू को किसी तरह ऐसे जगा दे कि ऐनी निढाल होकर उसकी बांहों में गिर जाए। अनवर को पूरा यकीन था कि वह फिर ऐनी को चूमकर संभाल लेगा, और पीली ज़र्द हुई ऐनी को गले लगाकर उसके कानों में कई इकरार करेगा—शायद आज के गुनाह की माफी भी मांगेगा—

'ताकतें सो जाती हैं पर कमज़ोरियां भी इस तरह सो जाती हैं कि उनको जगाना मुश्किल हो जाता है,' अनवर कितनी देर सोचता रहा और फिर सोच-सोचकर उसने ऐनी से कहा :

"ऐनी, तेरा क्या खयाल है—आदमी को सिर्फ एक औरत से और एक बार मुहब्बत होती है? यह भी तो हो सकता है कि उसे दूसरी बार किसी दूसरी औरत से मुहब्बत हो जाए?"

"हो सकता है—कीमतें बदलती हैं, स्तर बदलते हैं।"

"अगर मुझे सचमुच किसी औरत से मुहब्बत हो गई हो...?"

"मैं रास्ते की रुकावट नहीं बनूंगी।"

"पर तू........."

"मैं साथ बन सकती हूं, रुकावट नहीं बन सकती।"

अनवर को लगा कि ऐनी के सारे जवाब किसी आइडियलिज़्म के घिसे-पिटे जवाब थे। यह ऐनी नहीं बोल रही थी, किसी नावल कहानी के बनावटी फिकरे बोल रहे थे।

अनवर ने ऐनी को जगाना चाहा—ऐनी के लहू-मांस के धड़कते दिल को। इसलिए अनवर ने और गंभीर होकर कहा :

"जो मैं तुझे तलाक दे दूं?"

"इस हालत में देना ही चाहिए।"

"पर एक बात मैं तुम्हें अभी बता दूं..."

"हां!"

"मैं अपना बच्चा अपने पास रखूंगा।"

अनवर को लगा कि इस फिकरे से उसने ऐनी के वजूद की सबसे नर्म जगह पर जो कुछ चुभाकर देखना था, देख लिया था। ऐनी चुप थी और अनवर को यकीन था कि आखिर उसने ऐनी को तोड़ सकनेवाली कोई जगह ढूंढ ली थी।

"उसे बाप की हिफाज़त मिल जाये, मुझे तसल्ली होगी।"

ऐनी ने कहा और फिर कमरे से जाने लगी। अनवर ने गौर से ऐनी

की ओर देखा, ऐनी के चेहरे पर कोई निशान नहीं था—न किसी आंसू का, न किसी उलाहने का। थकावट की एक हल्की सी छाया उसके मुख पर जरूर थी।

अनवर को एक बार लगा कि उसने ऐनी से आज बात की शुरूप्रात ही गलत सिरे से की थी—उसे एक-एक करके कई वक्त याद आए जब ऐनी से अपने मन की मर्ज़ी करवाने के लिए वह एक हठ बांध लेता था और ऐनी हमेशा चुप रहकर अपने मन की मर्ज़ी दबा लेती थी। और फिर भी अगर वह किसी बात से गुस्सा होकर चुप-सा हो जाता था तो हमेशा यह ऐनी होती थी जो उसे मनाती थी। अनवर को खयाल आया कि आखिर औरत का भी कभी मान रख लेना चाहिए और आज ऐनी का मान रखने के लिए उसे कोई नरमी बरत लेनी चाहिए थी। नरमी की एक हिलोर में आकर अनवर ने कमरे से जाती ऐनी की जल्दी से बांह पकड़ ली :

"ऐनी, मैं बुरा आदमी नहीं हूं।"

"मुझे पता है।"

"मैं तुझे जान-बूझकर कोई दुख नहीं देना चाहता।"

"अनवर, तूने मुझे कभी दुख नहीं दिया।"

ऐनी के उत्तर में अनवर का नाम भी था। पर अनवर को लगा कि ऐनी जो कुछ कह रही थी एक दूरी पर खड़े होकर कह रही थी—अनवर को दूर से देखकर और शायद पहले से ज़्यादा पहचान कर।

अनवर अपने एक ओर से पहचाना जाना चाहता था, पर हर ओर से नहीं। इसलिए ऐनी की नज़र से खीझ उठा और फिर खुद भी एक दूरी पर खड़ा होकर कहने लगा :

"मुझे इस बात की खुशी है कि तूने रोकर या झगड़कर मुझे खामख्वाह की फिक्र में नहीं डाला।" अनवर यह कह रहा था पर इस तरह जैसे उसे रोने की या झगड़ने की याद दिला रहा हो।

"मैं जब रोती थी, मुझे अपना आप अच्छा नहीं लगता था। मैं हमेशा बाद में अपने आपको हेट करती थी—नाउ आई डोन्ट वान्ट टु हेट माइसैल्फ," ऐनी ने कहा, अनवर की आंखों में देखा और फिर उस कमरे से

साथ वाले कमरे में चली गई।

अनवर को लगा कि कुछ पहले ऐनी के चेहरे पर थकावट की जो छाया थी वह भी उसके चेहरे से उतर गई थी और उसकी जगह अब एक हल्की सी मुस्कराहट थी—एक हल्की सी धूप।

और अनवर को लगा कि इस धूप से चमकते चेहरेवाली ऐनी को न कभी उसने प्यार किया था, न कर सकेगा। उसने शुरू से केवल उस ऐनी को चाहा था जो छुपकर अनवर से मिलती थी और फिर अपने मां-बाप की सख्ती से कांप सी जाती थी—और फिर मां-बाप को नाराज़ करके पाए हुए अनवर को सहम कर पकड़ती और उसके खो जाने से हमेशा डरती थी।

और अनवर को लगा कि अभी थोड़ी ही देर पहले उसने ऐनी से तलाक की जो बात की थी, चाहे उस वक्त उसने बात की खातिर बात की थी, तलाक की खातिर नहीं, पर इस समय वह सचमुच ऐनी से तलाक चाह रहा था—बात पहले की थी, चाहा बाद में, पर उससे जो बात कही गई थी वह ठीक कही गई थी।

उस रात खाने की मेज़ रोज से ज़्यादा सजी हुई थी—मेज़ पर फूलों की सजावट के साथ ऐनी ने मोम-बत्तियों की रोशनी की हुई थी। अनवर को एक अजीब खयाल आया कि आज उसकी बेवफाई को जैसे दावत दी जा रही थी।

यह खयाल उसे किसी फ्रेन्च नावेल की कहानी से आया था जिसमें एक औरत ने अपने खाविन्द के पास बैठकर एक बहुत बढ़िया केक मंगवाया था, खुद खाया था, उसे खिलाया था, और फिर उसे बताया था कि आज वह पहली बार उसके साथ बेवफा हुई और इसलिए उस बेवफाई को 'सैलीब्रेट' कर रही थी।

अनवर ने कबाब का एक टुकड़ा मुंह में डाला और फिर उससे रहा नहीं गया, वह ऐनी से कहने लगा, "इस तरह की सैलीब्रेशन दुनिया में कोई और औरत नहीं कर सकती—कोई फ्रेन्च औरत कर सकती है या ऐनी।"

और फिर अनवर ने मुस्कराकर कहा, "पर फ्रेन्च औरत में और ऐनी में

एक फर्क है—फ्रेन्च औरत अपनी बेवफाई सैलीब्रेट कर सकती है और ऐनी अपने खाविन्द की बेवफाई—यह शायद हिन्दुस्तानी औरत होने का फर्क है।"

ऐनी ने जवाब नहीं दिया। उस दिन वह बहुत खूबसूरत लग रही थी। या शायद अनवर ने ही उसकी खूबसूरती को उस दिन पहली बार जाना था।

"हिस्टोरिक ब्यूटी," अनवर के मुंह से सवेरेवाला लफ्ज़ अनायास निकल गया।

"प्रि-हिस्टोरिक," ऐनी ने धीरे से कहा—ऐसे जैसे वह लाल पेंसिल से कोई फिकरा दुरुस्त कर रही थी।

अनवर का जी चाहा कि वह ऐनी के खयालों में पकड़ी हुई लाल पेंसिल अपने हाथों में ले ले, और अपनी बेवफाई का पहला अक्षर लाल पेंसिल से इस तरह काट दे कि वह हमेशा के लिए ऐनी के साथ वफा का हकदार हो जाए।

पर यह अनवर के मन की एक रौ थी। इस रौ में वह बहना नहीं चाहता था। बहने से बचने के लिए उसे अपने पैरों को किसी पत्थर से टिकाकर रोक लेना ज़रूरी हो गया। और जिस पत्थर से उसने अपने पांव टिकाए, वह पत्थर उसकी यह बात थी—"ऐनी, तुने मुझे यह पूछा ही नहीं कि आखिर वह कौन औरत है जिसकी खातिर मैंने तेरे साथ बेवफाई की है।"

और अनवर सोचने लगा कि अब वह ऐनी की सवालिया आंखों के सामने लिज़ की एक अजीबोगरीब खूबसूरती का तसव्वुर रखेगा। सिर्फ वह यह सोच रहा था कि लिज़ के गोरे और नर्म अंगों की छोह जैसे उसे पानी में तैरती मछलियों की छोह की तरह लगी थी, वह ऐनी को बतानी चाहिए थी कि नहीं।

पर अनवर चुप-सा हो गया–ऐनी ने एक बेवास्ता नज़र से उसकी ओर देखा था और कहा था, "आई एम नॉट कन्सर्ड विद हर।"

अनवर ने जिस पत्थर के साथ पैर टिकाए थे उस पत्थर को अब पांव के आगे से हटाना उसके बस में नहीं रहा था।

'सिर्फ सागर की कोई लहर इस पत्थर को हटा सकती है, मैं नहीं,' अनवर को खयाल आया और साथ ही उसे लिज़ का खयाल आ गया—लिज़ की नीली आंखों का—और आंखों से उठकर कमरे के पर्दों तक

फैलते सागर के पानी जैसे नीले रंग का।

वह रात अनवर ने घर में नहीं गुज़ारी, लिज़ के कमरे में गुज़ारी। सिर्फ वह रात। अगली रातों में हमेशा लिज़ उसके घर आने लगी, क्योंकि उस पहली रात के बाद जब अनवर सुबह घर आया तो ऐनी उस घर से जा चुकी थी।

ऐनी के जाने का पता उसे किसी खत या पैगाम से नहीं लगा था, क्योंकि ऐनी उसके लिए कोई खत लिखकर नहीं छोड़ गई थी। अपना बच्चा छोड़ गई थी। एक तरह से वह भी एक खत था—पर बच्चा अजीब खत होता है, इस खत में रोज़-के-रोज़ एक इबारत लिखी जाती है, रोज़-के-रोज़ पढ़ी जाती है—और वास्ता, जो न किसी से जोड़ता है, न किसी से टूटने देता है।

सोये हुए बच्चे के गालों पर ऐनी के होंठों के हल्के से निशान थे। ज़ाहिर था कि ऐनी ने जाने से पहले बच्चे को चूमा था। यह निशान बदन के भीतर उतरकर बच्चे की नींद में और नींद के सपनों में कितना गहरा चला गया था, अनवर को पता नहीं, क्योंकि उसने उसी दिन घबराकर बच्चे को होस्टल में भेज दिया।

सड़कों पर लोग इतनी तेज़ी से नहीं चलते, जितनी तेज़ी से खबरें चलती हैं। अनवर ने खबर सुनी कि ऐनी नौकरीपेशा लड़कियों के होस्टल में रहने लग गई थी—ऐनी ने एक दफ्तर में नौकरी कर ली थी—ऐनी ने नौकरी छोड़ दी थी—ऐनी के मां-बाप उसे अपने घर ले जाने के लिए आए थे और ऐनी ने उनके साथ जाने से इन्कार कर दिया था—ऐनी का एक भाई ऐनी को अपने पास लन्दन बुला रहा था—ऐनी रोज़ रात एक क्लब में बैठी होती थी—ऐनी को किसी ने एक फ्लैट खरीद दिया था—

सुलताना अनवर के चाचा की लड़की थी। पर ऐनी से वह बहुत प्यार करती थी। अनवर ने एक दिन सुलताना को बुलाया। सुलताना ने इन्कार नहीं किया, आ गई, पर उसने ऐनी की कोई बात नहीं की। अनवर को हारकर ऐनी की बात छेड़नी पड़ी, उसे यकीन था कि सुलताना अब भी ऐनी से ज़रूर मिलती होगी।

"मिलती हूं—कल भी मिली थी," सुलताना ने सिर्फ इतना कहा और

चुप हो गई।

"लोग उसके बारे में बहुत बातें करते हैं," अनवर ने खीझकर फिर उसकी बात चलाई।

"करते होंगे," सुलताना ने लापरवाही से कहा।

अनवर से रहा नहीं गया। उसने हठकर जाने लगी सुलताना को हाथ पकड़कर रोक लिया और दांतों में भिंचे हुए गुस्से से पूछा—"पर तू मुझे कुछ बताती क्यों नहीं है?"

सुलताना हंस दी और कहने लगी—"माई डियर, शी इज़ नॉट टु बी एक्सप्लेन्ड, शी इज़ टु बी अन्डरस्टुड।"

अनवर को लगा जैसे किसी ने उसे चपत मार दी हो—सुलताना ने नहीं, शायद वक्त ने। अनवर ने सिर नीचा कर लिया। सुलताना को शायद तरस आया। वह उठकर जाती हुई फिर से बैठ गई और कहने लगी, "बताइये भाई जान, क्या पूछना चाहते हैं? आप पूछते जाएं, मैं बताती जाऊंगी। जो कुछ मुझे पता है, बताती जाऊंगी।"

"वह लड़कियों के होस्टल में रहती है?"

"कुछ दिन रही थी, अब नहीं रहती।"

"कहीं नौकरी करती है?"

"कुछ दिन की थी, अब नहीं करती।"

"क्यों?'

सुलताना कुछ देर अनवर की ओर देखती रही, बड़ी गहरी नज़र, और फिर मुस्कराकर कहने लगी, "मैंने उससे पूछा नहीं, पर मेरा खयाल है कि वह इसलिए नौकरी नहीं कर सकती क्योंकि वह किसी दफ्तर के मालिक के लिए लिज़ नहीं बन सकती।"

अनवर को बात यहां खत्म नहीं करनी थी इसलिए सुलताना के जवाब को चुपचाप अपने गले से नीचे उतार लिया। पर एक चुभन से सुलताना से पूछने लगा, "इसलिए क्यों नहीं कि उसे किसी अमीर आदमी ने एक फ्लैट खरीद दिया है।"

"अमीर आदमी ने नहीं, अमीर औरत ने। उसकी नानी ने अपना इन्दौर वाला मकान बेचकर यहीं बम्बई में एक फ्लैट खरीदा है, और उसके नाम कर दिया है।"

"पर वह अपने मां-बाप के पास क्यों नहीं रहती? अकेली क्यों रहना चाहती है?"

"क्योंकि अपने आस-पास उसे सवालिया ज़वान और सवालिया नज़रें नहीं चाहिए। फिर मां-बाप भी क्या कर सकते हैं, सलाह दे सकते हैं या शिक्षा दे सकते हैं। उसे सलाह, शिक्षा, तरस, आसरा कुछ नहीं चाहिए।"

"सारा दिन वह अकेली क्या करती है?"

"उसकी डायरी कल मेज़ पर खुली पड़ी थी, जो सफा सामने था वह मैंने पढ़ा था, वहां लिखा हुआ था: 'नो ट्र इन्डिविज़ुअल हैज़ एक्ज़िस्टेड येट एबिल टु लिव, एबिल टु डाइ,' मेरा खयाल है कि वह 'इन्डिविज़ुएलिटी' पर रिसर्च कर रही है।"

अनवर ने जैसे नींद की तीन गोलियां खा ली हों। आधी सोई और आधी जागती हालत में वह सुलताना से पूछने लगा, "पर लोग कहते हैं कि वह रोज़ रात को एक क्लब में बैठी होती है।"

"क्लब में उसकी पेन्ट की हुई कमीज़ों और शालों की आजकल नुमायश लगी हुई है। वह अपने फ्लैट के एक कमरे में छोटा सा एम्पोरियम बना रही है—'ऐमी एम्पोरियम'।"

अनवर को ऐनी के सम्बन्ध में जोकुछ सुनने की उम्मीद थी, सुलताना ने बिल्कुल उससे उल्टी बात बताई थी, इसलिए वह पछता रहा था कि उसने सुलताना से कुछ भी क्यों पूछा था। कुछ भी न पता चलता तो अच्छा था। क्योंकि बाहर से सुनी-सुनाई बातों से जो कुछ उसे पता चलता था, उसमें कई तरह के शक पालने की गुंजाइश बनी रहनी थी......

"जिरह खत्म, अब मैं जा सकती हूं?" सुलताना हंस दी।

अनवर चुप रहा, फिर कहने लगा, "वह हमारे तलाक का कारण क्या बताती है?"

"माई गॉड! उसे पूछ कौन सकता है? वह एक फिकरे में बात खत्म कर देती है कि 'आई डू नॉट ओ ऐनी एक्सप्लेनेशन टु ऐनी बाडी'।"

अनवर ने सुना और तैश खाकर रह गया, "फिर उसने नहीं तो लिज़ की बात तुम्हें किसने बताई है?"

"भाई जान, यह अपने घर के नौकरों से पूछिये कि वह बाहर यह सारी बातें क्यों करते हैं। ऐनी को तो लिज़ की बात शायद पता भी नहीं। मैंने भी उसे कभी नहीं बताई। जानती हूं मैं उसे बताऊंगी तो वह सुनेगी नहीं। आजकल उसने सिर्फ अपनी ज़बान बन्द नहीं की है, कान भी बन्द किये हुए हैं।"

उस रात जब लिज़ अनवर के घर आई, उसने बहुत खूबसूरत कमीज़ पहनी हुई थी—बहुत रंगों से पेन्ट की हुई। लिज़ पहले से आज खूबसूरत भी ज़्यादा लग रही थी और शोख भी। अनवर आज लिज़ की आंखों के नीले रंग में तैरना नहीं चाहता था, डूब जाना चाहता था—कोई भार अपने साथ बांधकर डूब जाना चाहता था।

लिज़ ने जब अपने गले से कमीज़ उतारी तो लिज़ को अपनी बाहों में लेते हुए और उसके हाथों से कमीज़ पकड़कर पलंग के पास पड़े हुए मेज़ पर रखते हुए अनवर की नज़र कमीज़ के गले पर लगे हुए लेबल पर पड़ी। लेबल पर लिखा हुआ था—'ऐनी एम्पोरियम'—अनवर की बांहों में से लिज़ का बदन छूट गया।

लिज़ के घुटने को शायद पलंग की बांहें लग गई थीं, वह घुटने को मलती हुई फिर संभलकर खड़ी होती अनवर की तरफ देखने लगी। अनवर उसकी तरफ नहीं कमीज़ की तरफ देख रहा था। लिज़ ने उससे मिन्नत से कहा कि यह कमीज़ उसे किसी और आदमी ने नहीं दी थी, यह उसका अपना भाई किसी नुमायश से उसके लिए खरीद कर लाया था। पर अनवर न यह सोच रहा था, न सुन रहा था—वह सिर्फ देख रहा था कि लेबल पर लिखा हुआ ऐनी का नाम बड़ा होता जा रहा था—सारी कमीज़ पर फैलता जा रहा था—फ़िर मेज़ पर, पलंग पर और सारी दीवारों पर छाया जा

रहा था—अनवर को सिर्फ यह पता नहीं चल रहा था कि उसका अपना अस्तित्त्व उस नाम के भीतर था या उसके बाहर था।

"मेरी तबीयत ठीक नहीं," अनवर ने एक बार लिज़ से कहा और हाथ के इशारे से उसे अपने घर जाने के लिए कह दिया।

लिज़ ने कमीज़ पहन ली, चली गई, लिज़ भी और कमीज़ भी, पर अनवर को लगा कि कमीज़ के लेबल से ऐनी का नाम उतर कर वहीं कमरे में रह गया था......

एक दिन, दो दिन, चार दिन गुज़र गए। अनवर की दफ्तर की गैर-हाज़िरी ने उसकी बीमारी की खबर सुलताना तक पहुंचा दी। सुलताना जब अनवर का हाल पूछने आई, अनवर को बिल्कुल पता नहीं था कि सुलताना के सामने वह यह कह देगा कि अगर ऐनी यहां होती और उसे अपने हाथों दवा पिलाती तो उसे बहुत जल्दी ठीक हो जाना था।

तीन-चार दिन की बीमारी में कोई इस तरह कमज़ोर हो सकता है, सुलताना हैरान थी। अनवर तन से भी और मन से भी बड़ा कमज़ोर हुआ सा दिख रहा था।

"पर तू यह बात उससे कहना मत," अनवर ने एक चोट खाकर फिर सुलताना से कहा, "उसे इस तरह बुलाने में मेरा क्या रह जाएगा।"

सुलताना चली गई पर अनवर को लगा कि सुलताना के इस आने ने उसकी किसी भीतरी कमज़ोरी को उभारकर उसके सामने रख दिया था। कमज़ोरी उसके सामने एक ज़ख्म की तरह चमक रही थी—उससे देखा नहीं गया। उसने आंखें बन्द करके नींद की पनाह ले ली। इन्सान के खयालों को जो कभी नींद भी कुछ देर के लिए पनाह न दे तो पता नहीं इन्सान को क्या हो जाए। उस दिन अनवर को नींद ने सिर्फ पनाह नहीं दी, एक ख्वाब भी दिया कि ऐनी उसके पास खड़ी उसे अपने हाथों दवा पिला रही थी।

ख्वाब लम्बा होता गया, इतना, कि अनवर ने आंखें झपका-झपकाकर देखा पर ख्वाब उसे अब भी दिखाई दे रहा था। ख्वाब से अनवर नाराज़ नहीं

था, पर अब उसे यह अहसास हुआ कि वह इस वक्त जाग रहा था और ऐनी सचमुच उसके पलंग के पास खड़ी थी तो इस हकीकत से उसे एक गुस्सा आ गया, हकीकत से नहीं, सुलताना के सामने की हुई इस हकीकत की मांग से।

"इस तरह तुझे वापिस बुलाकर मेरा क्या रह गया?" अनवर ने उस लाचारी से कहा जिस लाचारी से कोई अपने बेकार घुटनों पर हाथ रखकर उठता है।

"अनवर! जो मेरा आने में कुछ नहीं गया तो तेरा बुलाने में क्या चला गया," ऐनी ने जवाब दिया।

"तुझमें और मुझमें फरक है, ऐनी।"

"क्या फरक है?"

"तुझे इस बात का मान है कि तूने मेरे साथ कभी बेवफाई नहीं की......"

"मुहब्बत या वफा ऐसी चीज़ नहीं होती जो किसी बेगाने बदन को छूते ही खत्म हो जाती है। हो सकता है, किसी बेगाने बदन से गुज़रकर यह और मज़बूत हो जाती हो—जैसे किसी मुश्किल में से गुज़रकर इन्सान का मन और मज़बूत हो जाता है। पर इस वक्त तू ऐसी बातें न कर अनवर, तेरी तबीयत ठीक नहीं।"

"मैं शायद बातें करने से ठीक हो जाऊंगा...तू बातें किये जा...जो कुछ भी हुआ है...यू मीन यू डौंट माइंड इट?"

"आई डौन्ट माइंड इट।"

"शायद तू यह बात मेरे ऊपर रहम करके कह रही है।"

"रहम करने का मुझे कोई हक नहीं, अपने ऊपर भी रहम करने का हक मैंने किसी को नहीं दिया, न दूंगी।"

"पर ऐनी...तू नहीं समझती, तू यह बात इसलिए कह रही है कि तू एक ऊंची जगह खड़ी है।"

"कौन-सी ऊंची जगह?"

"इतनी ऊंची जगह कि तूने किसी बेगाने मर्द को नहीं छुआ... तुझे पता है कि मैं तेरी वाली जगह पर कभी नहीं खड़ा हो सकता।"

"अनवर!"

"अब कुछ नहीं हो सकता, ऐनी।"

"जो तेरे मन से ऐसे ही भार उतर सकता है तो मैं तेरे वाली जगह आकर खड़ी हो सकती हूं, तेरे लफ्ज़ों में नीची जगह पर—"

"क्या मतलब?"

"मैं किसी भी बेगाने मर्द के साथ सोऊंगी, मुझे इसमें कोई फरक नही पड़ेगा, पर तेरी नज़र में मैं नीची जगह पर खड़ी हो जाऊंगी।"

"ऐनी!" अनवर कितनी देर परेशान होकर ऐनी की ओर देखता रहा। सुलताना की कही एक बात अनवर को बहुत याद आई—शी इज़ नॉट टु बी एक्सप्लेन्ड, शी इज़ टु बी अण्डरस्टुड—और अनवर ने ऐनी को समझने की जितनी भी कोशिश की उससे ऐनी और अटूट-सी लगी—इतनी अटूट-सी कि जो आज अपनी मर्ज़ी से किसी और मर्द के साथ सोकर भी नहीं टूट सकती थी।

"ऐनी? तू आज मेरे पास वापिस क्यों आई है?" अनवर ने थककर पूछा।

"बीवी के नाते से नहीं आई हूं, एक इन्सान के नाते से आई हूं।"

"इसका मतलब है तू बीवी के नाते से अब मेरे पास नहीं रह सकती?"

"अनवर, मैं तेरे पास रह सकती हूं, पर एक टूटी हुई औरत के नाते से नहीं रह सकती हूं चाहे मुझे बीवी कह ले चाहे कुछ। वैसे हमारे मुल्क में जिसे बीवी कहते हैं वह एक टूटी हुई औरत का नाम होता है।"

"यह तू कैसे सोचने लगी है, कब से?"

"मेरा खयाल है, मैंने यह सोचा तब भी था जब एक रात सब कुछ छोड़कर तेरे होस्टल आ गई थी, तूने मुझे देखकर दरवाज़ा बन्द कर लिया था, सोच में पड़ गया था, और मैं कितनी देर दरवाज़े के बाहर खड़ी रही थी। तब मैंने सोचा ज़रूर था पर समझा नहीं था। समझते-समझते दस बरस लग गए।"

"तू बहुत बदल गई है, ऐनी! वह पहली ऐनी..."

"आई हेटेड हर।"

"बट आई लव्ड हर।"

"यू नैवर लव्ड हर, अनवर...यू ओनली लाइक्ड हर।"

"आल राइट, आई लाइक्ड हर।"

"पर वह असल ऐनी नहीं थी, अनवर। मेरा मतलब है वह एक टूटी हुई-सी ऐनी थी।"

"आई वांट दैट ब्रोकन वन।"

अनवर ने यह कह दिया पर कहकर उसे लगा कि उसे यह कहना नहीं चाहिए था। ऐनी के होंठों पर एक मुस्कराहट आ गई थी और उसने जवाब दिया था—"आई एम सौरी अनवर, यू विल नेवर फाइंड हर।"

अनवर को लगा कि इस समय वह ऐनी के हाथों न दवा पी सकता था न चाय का प्याला। और उसने ऐनी से कह दिया कि वह इस वक्त अकेला रहना चाहता था।

"मैं वापिस चली जाऊं?" ऐनी ने एक बार पूछा।

"हां, मेरा खयाल है—," अनवर ने कहा और मुंह दूसरी तरफ मोड़ लिया।

ऐनी ख्वाब की तरह आई थी, हकीकत बनकर चली गई।

दिन बीत गए। ऐनी टूट नहीं सकती थी पर दुनिया में कई औरतें थीं जो टूट सकती थीं। अनवर के सिर पर एक दीवानगी छा गई...तोड़ने-फोड़ने की—पैसे के ज़ोर से, पोज़ीशन के ज़ोर से, किसी भी ज़ोर से। बरस गुज़र गए, अनवर के चारों तरफ कंकरों के ढेर लग गए। पर अनवर की मजबूरी वहीं की वहीं थी। अटूट ऐनी उससे टूट नहीं रही थी और अटूट ऐनी उसे मंज़ूर नहीं थी।

ऐनी को जो तोड़ा नहीं जा सकता तो कंकरों के ढेर के नीचे कभी-न-कभी दबाया ज़रूर जा सकता है। अनवर कंकरों के ढेर को बड़ा करते हुए हर बार यह सोचता था, और हर बार उसे लगता था कि ऐनी का अस्तित्व अभी भी उससे बाहर था। अब वह दिनों-दिन थकता जा रहा था। कुछ भी तोड़ने का उसका उत्साह खत्म होता जा रहा था।

और फिर ऐनी ने अपने लिए एक कब्र खोद ली—कम-अज़कम अनवर को भी यही लगा कि वह एक कब्र थी और जिसमें ऐनी हमेशा के लिए दफन हो गई थी—उसकी तरफ से दफन हो गई थी। वह उसके देश से हमेशा के लिए चली गई थी, पहले अपने भाई के पास लन्दन, फिर पता नहीं कहां—किसके साथ—शायद अकेली—शायद अकेली नहीं।

अनवर के बेटे सलाम को सब कुछ पता था। वह अब जवान लड़का था। साल में एक बार वह दो महीने के लिए पता नहीं कहां चला जाता था। अनवर का खयाल था कि वह ज़रूर ऐनी के पास जाता था। पर उसने कभी पूछा नहीं था। एक बार पूछा था पर उसने कुछ नहीं बताया था। सिर्फ यह कहा था—"पापा' आई लव हर एज़ शी इज़!"

'ऐज़—शी—इज़,' अनवर को अपने बेटे पर गुस्सा भी आता था पर गुस्से से ज्यादा उसे अपने बेटे के साथ ईर्ष्या हो आती थी। सिर्फ बेटे के साथ नहीं, उस हर किसी से ईर्ष्या हो आती थी जो ऐनी को चाह सकता था, उसे कबूल सकता था, और उससे कबूला सकता था।

'ऐज़...शी...इज़...' कभी-कभी अनवर यह भी सोचता था कि वह अपने बेटे जैसा हो जाए, वह किसी उस जैसा हो जाए...पर वह कुछ होने का वक्त भी तो नहीं रहा था। उसे सामने एक कब्र दिख रही थी...कब्र सिर्फ मिट्टी की नहीं होती...

सुन ली आपने मैलोडी? अजनबी लोगो! आपका क्या संवरा यह सुनकर...अब किसी का न कुछ संवर सकता है न बिगड़ सकता है...आपने क्या पूछा कि मैं इस सारी बात को कैसे जानता हूं?... मैंने आंखों से देखी हैं जनाब, और कानों से सुनी हैं...आप बहुत भोले हैं जो फिर मुझसे पूछते हैं कि मैं हर वक्त अनवर के साथ किस तरह रहता था और उसके मन में जो कुछ होता-बीतता था वह कैसे जानता था...क्या एक इन्सान के अन्दर वह दूसरा इन्सान नही रहता जो किसी भी कहानी का पात्र नहीं होता, पर

हर कहानी का दर्शक होता है...एक अनवर वह था जो इस सारी कहानी का पात्र था—मेलोडी को गानेवाला, बजानेवाला चुप करानेवाला, और एक अनवर मैं हूं—सिर्फ एरियल।